GW00982838

OSCAR
MODERNI

OPERE DI ITALO CALVINO

Italo Calvino

LA SPECULAZIONE EDILIZIA

Presentazione dell'autore

Con uno scritto di Lanfranco Caretti

© 1994 by Palomar S.r.l. e Arnoldo Mondadori Editore S.p.A., Milano
© 2002 by Esther Judith Singer Calvino - Giovanna Calvino
e Arnoldo Mondadori Editore S.p.A., Milano
© 2016 by Esther Judith Singer Calvino - Giovanna Calvino
e Mondadori Libri S.p.A., Milano
Per lo scritto di Lanfranco Caretti
© 1976 Nistri-Lischi, Pisa

I edizione Oscar Opere di Italo Calvino settembre 1994
I edizione Oscar Moderni agosto 2016

ISBN 978-88-04-67010-0

Questo volume è stato stampato
presso ELCOGRAF S.p.A.
Stabilimento - Cles (TN)
Stampato in Italia. Printed in Italy

A questa edizione ha collaborato Luca Baranelli.

*Il testo di Calvino in quarta di copertina è tratto
da una dichiarazione dell'autore del 1961.*

Anno 2017 - Ristampa   19 20 21

Presentazione

La speculazione edilizia *uscì per la prima volta nel settembre del 1957 sul n. 20 della rivista letteraria internazionale* «Botteghe Oscure». *L'anno successivo Calvino incluse una versione ridotta di questo racconto nel "Libro quarto"* (La vita difficile) *dei* Racconti *di Einaudi. Nel giugno del 1963, infine, ne fece ristampare la stesura integrale in un volumetto dei Coralli Einaudi.*

Pochi mesi prima (febbraio '63), in un breve intervento sollecitatogli da Giambattista Vicari, Calvino aveva giudicato La speculazione edilizia «*la cosa migliore che ho scritto finora [...] prima non avevo mai osato pubblicarla da sola, mi pareva una cosa troppo mia personale per reggere il frontespizio; invece ora vedo che regge sempre meglio e che continua a essere un libro che contiene in qualche modo una definizione del nostro tempo sempre valida*».

Per presentare quest'edizione, che riproduce quella del 1963, sono state utilizzate: un'intervista del 1958 a Inìsero Cremaschi (Sei domande a Italo Calvino, «Gazzetta del libro», *IV, 4, maggio 1958, p. 1); una breve dichiarazione del 1961; e una lettera che Calvino scrisse il 6 febbraio 1963 a François Wahl, delle Editions du Seuil di Parigi, che intendeva tradurre il libro (è stata pubblicata nel volume* I libri degli altri. Lettere 1947-1981, *a cura di G. Tesio, Einaudi, Torino 1991, pp. 419-20).*

Di solito mi piace raccontare storie di gente che riesce in quel che vuol fare (e di solito i miei eroi vogliono cose paradossali, scommesse con se stessi, eroismi segreti) non storie di fallimenti o di smarrimenti. Se nella *Speculazione*

VI   Presentazione

edilizia ho raccontato la storia d'un fallimento (un intellettuale che si costringe a fare l'affarista, contro tutte le sue più spontanee inclinazioni) l'ho raccontata (legandola molto a un'epoca ben precisa, all'Italia degli ultimi anni) per rendere il senso di un'epoca di bassa marea morale.[1] Il protagonista non trova altro modo di sfogare la sua opposizione ai tempi che una rabbiosa mimesi dello spirito dei tempi stessi, e il suo tentativo non può che essere sfortunato, perché in questo gioco sono sempre i peggiori che vincono, e fallire è proprio quello che lui in fondo desidera.

La speculazione edilizia tra le storie che ho scritto è quella in cui sento d'aver detto più cose, ed è anche quella che più si avvicina ad un romanzo, anche se è breve. E, dovendo assegnare gli "Oscar" ai migliori miei personaggi, sceglierei pure tra quelli della *Speculazione edilizia*: all'impresario darei l'Oscar per il miglior personaggio oggettivo, "a tutto tondo", e a Quinto per il miglior personaggio soggettivo, semiautobiografico.

Il testo del racconto come lo pubblicai nel '57 su «Botteghe Oscure» era un po' più lungo (una decina di pagine) di come apparve nel volume dei *Racconti*. Infatti al momento di pubblicarlo in volume fui preso dallo scrupolo che l'avvocato, il notaio, l'ingegnere ecc... tutti i miei amici e parenti di San Remo rappresentati con molta fedeltà, potessero offendersi; e feci alcuni piccoli tagli. Soppressi

[1] «*La speculazione edilizia, La giornata d'uno scrutatore*, e un terzo racconto di cui ho scritto solo poche pagine, *Che spavento l'estate*, sono stati concepiti insieme verso il 1955 come un trittico, *Cronache degli anni Cinquanta*, basato sulla reazione dell'intellettuale alla negatività della realtà. Ma quando sono riuscito a portare a termine *La giornata d'uno scrutatore* era passato troppo tempo, eravamo entrati negli anni Sessanta, sentivo il bisogno di cercare delle forme nuove, e così quella serie restò incompiuta» (*Italo Calvino* [intervista], a cura di Maria Corti, «Autografo», II, 6, ottobre 1985, p. 49).

anche un capitolo che è una specie di storia della Riviera ligure e di San Remo in particolare. Ora sto per ripubblicare *La speculazione edilizia* in volume a sé. E rileggendo la prima stesura, vedo che: 1) i pezzi che avevo tagliato sono quasi tutti belli e utili alla completezza del quadro; 2) i miei amici ormai il racconto l'hanno letto, hanno fatto i loro commenti, alcuni si sono arrabbiati già abbastanza, è passato del tempo, quindi non dovrebbero più esserci storie; 3) una maggiore lunghezza, anche solo di poche pagine, è preziosa per sostenere il volume. Quindi ripristinerò nella nuova edizione quasi tutte le pagine e i periodi tagliati.

Cronologia

La presente Cronologia riproduce quella curata da Mario Barenghi e Bruno Falcetto per l'edizione dei Romanzi e racconti *di Italo Calvino nei Meridiani Mondadori, Milano 1991.*

> Dati biografici: io sono ancora di quelli che credono, con Croce, che di un autore contano solo le opere. (Quando contano, naturalmente.) Perciò dati biografici non ne do, o li do falsi, o comunque cerco sempre di cambiarli da una volta all'altra. Mi chieda pure quel che vuol sapere, e Glielo dirò. *Ma non Le dirò mai la verità*, di questo può star sicura.
>
> Lettera a Germana Pescio Bottino, 9 giugno 1964

> Ogni volta che rivedo la mia vita fissata e oggettivata sono preso dall'angoscia, soprattutto quando si tratta di notizie che ho fornito io [...] ridicendo le stesse cose con altre parole, spero sempre d'aggirare il mio rapporto nevrotico con l'autobiografia.
>
> Lettera a Claudio Milanini, 27 luglio 1985

1923

Italo Calvino nasce il 15 ottobre a Santiago de las Vegas, una piccola città presso L'Avana. Il padre, Mario, è un agronomo di vecchia famiglia sanremese che, dopo aver trascorso una ventina d'anni in Messico, si trova a Cuba per dirigere una stazione sperimentale di agricoltura e una scuola agraria. La madre, Eva (Evelina) Mameli, sassarese d'origine, è laureata in scienze naturali e lavora come assistente di botanica all'Università di Pavia.

«Mia madre era una donna molto severa, austera, rigida nelle sue idee tanto sulle piccole che sulle grandi cose. Anche mio padre era molto austero e burbero ma la sua severità era più rumorosa, collerica, intermittente. Mio padre come personaggio narrativo viene meglio, sia come vecchio ligure molto radicato nel suo paesaggio, sia come uomo che aveva girato il mondo e che aveva vissuto la rivoluzione messicana al tempo di Pancho Villa. Erano due personalità molto forti e caratterizzate [...]. L'unico modo per un figlio per non essere schiacciato [...] era opporre un sistema di difese. Il che comporta anche delle perdite: tutto il sapere che potrebbe essere trasmesso dai genitori ai figli viene in parte perduto» [RdM 80].

1925

La famiglia Calvino fa ritorno in Italia. Il rientro in patria era stato programmato da tempo, e rinviato a causa dell'arrivo del primogenito: il quale, per parte sua, non serbando del luogo di nascita che un mero e un po' ingombrante dato anagrafico, si dirà sempre ligure o, più precisamente, sanremese.

«Sono cresciuto in una cittadina che era piuttosto diversa dal resto dell'Italia, ai tempi in cui ero bambino: San Remo, a quel tempo ancora popolata di vecchi inglesi, granduchi russi, gente eccentrica e cosmopolita. E la mia famiglia era piuttosto insolita sia per San Remo sia per l'Italia d'allora: [...] scienziati, adoratori della natura, liberi pensatori [...]. Mio padre, di famiglia mazziniana repubblicana anticlericale massonica, era stato in gioventù anarchico kropotkiniano e poi socialista riformista [...]; mia madre [...], di famiglia laica, era cresciuta nella religione del dovere civile e della scienza, socialista interventista nel '15 ma con una tenace fede pacifista» [Par 60].

I Calvino vivono tra la Villa Meridiana e la campagna avita di San Giovanni Battista. Il padre dirige la Stazione sperimentale di floricoltura Orazio Raimondo, frequentata da giovani di molti paesi, anche extraeuropei. In seguito al fallimento della Banca Garibaldi di Sanremo, mette a disposizione il parco della villa per la prosecuzione dell'attività di ricerca e d'insegnamento.

«Tra i miei familiari solo gli studi scientifici erano in onore; un mio zio materno era un chimico, professore universitario, sposato a una chimica; anzi ho avuto due zii chimici sposati a due zie chimiche [...] io sono la pecora nera, l'unico letterato della famiglia» [Accr 60].

1926

«Il primo ricordo della mia vita è un socialista bastonato dagli squadristi [...] è un ricordo che deve riferirsi probabilmente all'ultima volta che gli squadristi usarono il manganello, nel 1926, dopo un attentato a Mussolini. [...] Ma far discendere dalla prima immagine infantile tutto quel che si vedrà e sentirà nella vita, è una tentazione letteraria» [Par 60].
I genitori sono contrari al fascismo; la loro critica contro il regime tende tuttavia a sfumare in una condanna generale della politica. «Tra il giudicare negativamente il fascismo e un impegno politico antifascista c'era una distanza che ora è quasi inconcepibile» [Par 60].

1927

Frequenta l'asilo infantile al St George College. Nasce il fratello Floriano, futuro geologo di fama internazionale e docente all'Università di Genova.

1929-1933

Frequenta le Scuole Valdesi. Diventerà balilla negli ultimi anni delle elementari, quando l'obbligo dell'iscrizione verrà esteso alle scuole private.
«La mia esperienza infantile non ha nulla di drammatico, vivevo in un mondo agiato, sereno, avevo un'immagine del mondo variegata e ricca di sfumature contrastanti, ma non la coscienza di conflitti accaniti» [Par 60].

1934

Superato l'esame d'ammissione, frequenta il ginnasio-liceo G.D. Cassini. I genitori non danno ai figli un'educazione religiosa, e in una scuola statale la richiesta di esonero dalle lezioni di religione e dai servizi di culto risulta decisamente anticonformista.

Ciò fa sì che Italo, a volte, si senta in qualche modo diverso dagli altri ragazzi: «Non credo che questo mi abbia nuociuto: ci si abitua ad avere ostinazione nelle proprie abitudini, a trovarsi isolati per motivi giusti, a sopportare il disagio che ne deriva, a trovare la linea giusta per mantenere posizioni che non sono condivise dai più. Ma soprattutto sono cresciuto tollerante verso le opinioni altrui, particolarmente nel campo religioso [...]. E nello stesso tempo sono rimasto completamente privo di quel gusto dell'anticlericalismo così frequente in chi è cresciuto in mezzo ai preti» [Par 60].

1935-1938

«Il primo vero piacere della lettura d'un vero libro lo provai abbastanza tardi: avevo già dodici o tredici anni, e fu con Kipling, il primo e (soprattutto) il secondo libro della Giungla. Non ricordo se ci arrivai attraverso una biblioteca scolastica o perché lo ebbi in regalo. Da allora in poi avevo qualcosa da cercare nei libri: vedere se si ripeteva quel piacere della lettura provato con Kipling» [manoscritto inedito].

Oltre ad opere letterarie, il giovane Italo legge con interesse le riviste umoristiche («Bertoldo», «Marc'Aurelio», «Settebello») di cui lo attrae lo «spirito d'ironia sistematica» [Rep 84], tanto lontano dalla retorica del regime. Disegna vignette e fumetti; si appassiona al cinema. «Ci sono stati anni in cui andavo al cinema quasi tutti i giorni e magari due volte al giorno, ed erano gli anni tra diciamo il Trentasei e la guerra, l'epoca insomma della mia adolescenza» [As 74].

Per la generazione cui Calvino appartiene, quell'epoca è però destinata a chiudersi anzitempo, e nel più drammatico dei modi. «L'estate in cui cominciavo a prender gusto alla giovinezza, alla società, alle ragazze, ai libri, era il 1938: finì con Chamberlain e Hitler e Mussolini a Monaco. La "belle époque" della Riviera era finita [...]. Con la guerra, San Remo cessò d'essere quel punto d'incontro cosmopolita che era da un secolo (lo cessò per sempre; nel dopoguerra diventò un pezzo di periferia milan-torinese) e ritornarono in primo piano le sue caratteristiche di vecchia cittadina di provincia ligure. Fu, insensibilmente, anche un cambiamento d'orizzonti» [Par 60].

1939-1940

La sua posizione ideologica rimane incerta, sospesa fra il recupero polemico di una scontrosa identità locale, «dialettale», e un confuso anarchismo. «Fino a quando non scoppiò la Seconda guerra mondiale, il mondo mi appariva un arco di diverse gradazioni di moralità e di costume, non contrapposte ma messe l'una a fianco dell'altra [...]. Un quadro come questo non imponeva affatto delle scelte categoriche come può sembrare ora» [Par 60].

Scrive brevi racconti, poesie, testi teatrali: «tra i 16 e i 20 anni sognavo di diventare uno scrittore di teatro» [Pes 83]. Coltiva il suo talento e la sua passione per il disegno, la caricatura, la vignetta: fra la primavera e l'estate del 1940 il «Bertoldo» di Giovanni Guareschi gliene pubblicherà alcune, firmate Jago, nella rubrica «Il Cestino».

1941-1942

Conseguita la licenza liceale (gli esami di maturità sono sospesi a causa della guerra) si iscrive alla facoltà di Agraria dell'Università di Torino, dove il padre era incaricato di Agricoltura tropicale, e supera quattro esami del primo anno, senza peraltro inserirsi nella dimensione metropolitana e nell'ambiente universitario; anche le inquietudini che maturavano nell'ambiente dei Guf gli rimangono estranee.

Nel quadro del suo interesse per il cinema, scrive recensioni di film; nell'estate del 1941 il «Giornale di Genova» gliene pubblicherà un paio (fra cui quella di *San Giovanni decollato* con Totò protagonista).

Nel maggio del 1942 presenta senza successo alla casa editrice Einaudi il manoscritto di *Pazzo io o pazzi gli altri*, che raccoglie i suoi primi raccontini giovanili, scritti in gran parte nel 1941. Partecipa con *La commedia della gente* al concorso del Teatro nazionale dei Guf di Firenze: nel novembre del 1942 essa viene inclusa dalla giuria fra quelle segnalate alle compagnie teatrali dei Guf.

È nei rapporti personali, e segnatamente nell'amicizia con Eugenio Scalfari (già suo compagno di liceo), che trova stimolo per interessi culturali e politici ancora immaturi, ma vivi. «A poco a poco, attraverso le lettere e le discussioni estive con Eugenio venivo a seguire il risveglio dell'antifascismo clandestino e ad avere un orientamento nei libri da leggere: leggi Huizinga, leggi Montale, leggi Vittorini, leggi Pisacane: le novità letterarie di quegli anni segnavano le tappe d'una nostra disordinata educazione etico-letteraria» [Par 60].

1943

In gennaio si trasferisce alla facoltà di Agraria e Forestale della Regia Università di Firenze, dove sostiene tre esami. Nei mesi fiorentini frequenta assiduamente la biblioteca del Gabinetto Vieusseux. Le sue opzioni politiche si vanno facendo via via più definite. Il 25 luglio, la notizia dell'incarico a Pietro Badoglio di formare un nuovo governo (e poi della destituzione e dell'arresto di Mussolini) lo raggiunge nel campo militare di Mercatale di Vernio (Firenze); il 9 agosto farà ritorno a Sanremo. Dopo l'8 settembre, renitente alla leva della Repubblica di Salò, passa alcuni mesi nascosto. È questo – secondo la sua testimonianza personale – un periodo di solitudine e di letture intense, che avranno un grande peso nella sua vocazione di scrittore.

1944

Dopo aver saputo della morte in combattimento del giovane medico comunista Felice Cascione, chiede a un amico di presentarlo al Pci; poi, insieme con il fratello sedicenne, si unisce alla seconda divisione di assalto Garibaldi intitolata allo stesso Cascione, che opera sulle Alpi Marittime, teatro per venti mesi di alcuni fra i più aspri scontri tra i partigiani e i nazifascisti. I genitori, sequestrati dai tedeschi e tenuti lungamente in ostaggio, danno prova durante la detenzione di notevole fermezza d'animo. «La mia scelta del comunismo non fu affatto sostenuta da motivazioni ideologiche. Sentivo la necessità di partire da una "tabula rasa" e perciò mi ero definito anarchico [...]. Ma soprattutto sentivo che in quel momento quello che contava era l'azione; e i comunisti erano la forza più attiva e organizzata» [Par 60]. L'esperienza della guerra partigiana risulta decisiva per la sua formazione umana, prima ancora che politica. Esemplare gli apparirà infatti soprattutto un certo spirito che animava gli uomini della Resistenza: cioè «una attitudine a superare i pericoli e le difficoltà di slancio, un misto di fierezza guerriera e autoironia sulla stessa propria fierezza guerriera, di senso di incarnare la vera autorità legale e di autoironia sulla situazione in cui ci si trovava a incarnarla, un piglio talora un po' gradasso e truculento ma sempre animato da generosità, ansioso di far propria ogni causa generosa. A distanza di tanti anni, devo dire che questo spirito, che permise ai partigiani di fare le cose meravigliose che fecero, resta ancor oggi, per muoversi nella contrastata realtà del mondo, un atteggiamento umano senza pari» [Gad 62]. Il periodo partigiano è cronologicamente breve, ma, sotto ogni altro riguardo, straordinariamente intenso. «La mia vita in quest'ultimo anno è stato un susseguirsi di peripezie [...] sono passato attraverso una inenarrabile serie di pericoli e di disagi; ho conosciuto la galera e la fuga, sono stato più volte sull'orlo della morte. Ma sono contento di tutto quello che ho fatto, del capitale di esperienze che ho accumulato, anzi avrei voluto fare di più» [lettera a Scalfari, 6 luglio 1945].

1945
Il 17 marzo partecipa alla battaglia di Baiardo, la prima in cui i partigiani di quella zona sono appoggiati dai caccia alleati. La rievocherà nel 1974 in *Ricordo di una battaglia*.
Dopo la Liberazione inizia la «storia cosciente» delle idee di Calvino, che seguiterà a svolgersi, anche durante la milizia nel Pci, attorno al nesso inquieto e personale di comunismo e anarchismo. Questi due termini, più che delineare una prospettiva ideologica precisa, indicano due complementari esigenze ideali: «Che la verità della vita si sviluppi in tutta la sua ricchezza, al di là delle necrosi imposte dalle istituzioni» e «che la ricchezza del mondo non venga sperperata ma organizzata e fatta fruttare secondo ragione nell'interesse di tutti gli uomini viventi e venturi» [Par 60]. Attivista del Pci nella provincia di Imperia, scrive su vari periodici, fra i quali «La Voce della Democrazia» (organo del Cln di Sanremo), «La nostra lotta» (organo della sezione sanremese del Pci), «Il Garibaldino» (organo della Divisione Felice Cascione).

Usufruendo delle facilitazioni concesse ai reduci, in settembre si iscrive al terzo anno della facoltà di Lettere di Torino, dove si trasferisce stabilmente. «Torino [...] rappresentava per me – e allora veramente era – la città dove movimento operaio e movimento d'idee contribuivano a formare un clima che pareva racchiudere il meglio d'una tradizione e d'una prospettiva d'avvenire» [Gad 62]. Diviene amico di Cesare Pavese, che negli anni seguenti sarà non solo il suo primo lettore – «finivo un racconto e correvo da lui a farglielo leggere. Quando morì mi pareva che non sarei più stato buono a scrivere, senza il punto di riferimento di quel lettore ideale» [DeM 59] – ma anche un paradigma di serietà e di rigore etico, su cui cercherà di modellare il proprio stile, e perfino il proprio comportamento. Grazie a Pavese presenta alla rivista «Aretusa» di Carlo Muscetta il racconto *Angoscia in caserma*, che esce sul numero di dicembre. In dicembre inizia anche, con l'articolo *Liguria magra e ossuta*, la sua collaborazione al «Politecnico» di Elio Vittorini.

«Quando ho cominciato a scrivere ero un uomo di poche letture, letterariamente ero un autodidatta la cui "didassi" doveva ancora cominciare. Tutta la mia formazione è avvenuta durante la guerra. Leggevo i libri delle case editrici italiane, quelli di "Solaria"» [D'Er 79].

1946

Comincia a «gravitare attorno alla casa editrice Einaudi», vendendo libri a rate [Accr 60]. Pubblica su periodici («l'Unità», «Il Politecnico») numerosi racconti che poi confluiranno in *Ultimo viene il corvo*. In maggio comincia a tenere sull'«Unità» di Torino la rubrica «Gente nel tempo». Incoraggiato da Cesare Pavese e Giansiro Ferrata si dedica alla stesura di un romanzo, che conclude negli ultimi giorni di dicembre. Sarà il suo primo libro, *Il sentiero dei nidi di ragno*.

«Lo scrivere è però oggi il più squallido e ascetico dei mestieri: vivo in una gelida soffitta torinese, tirando cinghia e attendendo i vaglia paterni che non posso che integrare con qualche migliaio di lire settimanali che mi guadagno a suon di collaborazioni» [lettera a Scalfari, 3 gennaio 1947].

Alla fine di dicembre vince (ex aequo con Marcello Venturi) il premio indetto dall'«Unità» di Genova, con il racconto *Campo di mine*.

1947

«Una dolce e imbarazzante bigamia» è l'unico lusso che si conceda in una vita «veramente tutta di lavoro e tutta tesa ai miei obiettivi» [lettera a Scalfari, 3 gennaio 1947]. Fra questi c'è anche la laurea, che consegue con una tesi su Joseph Conrad.

Partecipa col *Sentiero dei nidi di ragno* al premio Mondadori per giovani scrittori, ma Giansiro Ferrata glielo boccia. Nel frattempo Pavese lo aveva presentato a Einaudi che lo pubblicherà in ottobre nella collana I coralli: il libro riscuote un buon successo di vendite e vince il premio Riccione.

Presso Einaudi Calvino si occupa ora dell'ufficio stampa e di pubblicità. Nell'ambiente della casa editrice torinese, animato dalla continua discussione tra sostenitori di diverse tendenze politiche e ideologiche, stringe legami di amicizia e di fervido confronto intellettuale non solo con letterati (i già citati Pavese e Vittorini, Natalia Ginzburg), ma anche con storici (Delio Cantimori, Franco Venturi) e filosofi, tra i quali Norberto Bobbio e Felice Balbo. Durante l'estate partecipa come delegato al Festival mondiale della gioventù che si svolge a Praga.

1948

Alla fine di aprile lascia l'Einaudi per lavorare all'edizione torinese dell'«Unità», dove si occuperà, fino al settembre del 1949, della redazione della terza pagina. Comincia a collaborare al mensile del Pci «Rinascita» con racconti e note di letteratura.

Insieme con Natalia Ginzburg va a trovare Hemingway, in vacanza a Stresa.

1949

La partecipazione, in aprile, al congresso dei Partigiani della pace di Parigi gli costerà per molti anni il divieto di entrare in Francia. In luglio, insoddisfatto del lavoro all'«Unità» di Torino, si reca a Roma per esaminare due proposte d'impiego giornalistico che non si concreteranno. In agosto partecipa al Festival della gioventù di Budapest; scrive una serie di articoli per «l'Unità». Per diversi mesi cura anche la rubrica delle cronache teatrali («Prime al Carignano»). In settembre torna a lavorare da Einaudi, dove fra le altre cose si occupa dell'ufficio stampa e dirige la sezione letteraria della Piccola Biblioteca Scientifico-Letteraria. Come ricorderà Giulio Einaudi, «furono suoi, e di Vittorini, e anche di Pavese, quei risvolti di copertina e quelle schede che crearono [...] uno stile nell'editoria italiana».

Esce la raccolta di racconti *Ultimo viene il corvo*. Rimane invece inedito il romanzo *Il Bianco Veliero*, sul quale Vittorini aveva espresso un giudizio negativo.

1950

Il 27 agosto Pavese si toglie la vita. Calvino è colto di sorpresa: «Negli anni in cui l'ho conosciuto, non aveva avuto crisi suicide, mentre gli amici più vecchi sapevano. Quindi avevo di lui un'immagine completamente diversa. Lo credevo un duro, un forte, un divoratore di lavoro, con una grande solidità. Per cui l'immagine del Pavese visto attraverso i suicidi, le grida amorose e di disperazione del diario, l'ho scoperta dopo la morte» [D'Er 79]. Dieci anni dopo, con la commemorazione *Pavese: essere e fare* traccerà un bilancio della sua eredità morale e letteraria. Rimarrà invece allo stato di progetto (documentato fra le carte di Calvino) una raccolta di scritti e interventi su Pavese e la sua opera.

Per la casa editrice è un momento di svolta: dopo le dimissioni di Balbo, il gruppo einaudiano si rinnova con l'ingresso, nei primi anni Cinquanta, di Giulio Bollati, Paolo Boringhieri, Daniele Ponchiroli, Renato Solmi, Luciano Foà e Cesare Cases. «Il massimo della mia vita l'ho dedicato ai libri degli altri, non ai miei. E ne sono contento, perché l'editoria è una cosa importante nell'Italia in cui viviamo e l'aver lavorato in un ambiente editoriale che è stato di modello per il resto dell'editoria italiana, non è cosa da poco» [D'Er 79].

Collabora a «Cultura e realtà», rivista fondata da Felice Balbo con altri esponenti della ex «sinistra cristiana» (Fedele d'Amico, Mario Motta, Franco Rodano, Ubaldo Scassellati).

1951

Conclude la travagliata elaborazione di un romanzo d'impianto realistico-sociale, *I giovani del Po*, che apparirà solo più tardi in rivista (su «Officina», tra il gennaio '57 e l'aprile '58), come documentazione di una linea di ricerca interrotta. In estate, pressoché di getto, scrive *Il visconte dimezzato*.

Fra ottobre e novembre compie un viaggio in Unione Sovietica («dal Caucaso a Leningrado»), che dura una cinquantina di giorni. Il resoconto (*Taccuino di viaggio in Urss di Italo Calvino*) sarà pubblicato sull'«Unità» nel febbraio-marzo dell'anno successivo in una ventina di puntate, e gli varrà il premio Saint Vincent. Rifuggendo da valutazioni ideologiche generali, coglie della realtà sovietica soprattutto dettagli di vita quotidiana, da cui emerge un'immagine positiva e ottimistica («Qui la società pare una gran pompa aspirante di vocazioni: quel che ognuno ha di meglio, poco o tanto, se c'è deve saltar fuori in qualche modo»), anche se per vari aspetti reticente.

Durante la sua assenza (il 25 ottobre) muore il padre. Dieci anni dopo ne ricorderà la figura nel racconto autobiografico *La strada di San Giovanni*.

1952

Il visconte dimezzato, pubblicato nella collana I gettoni di Vittorini, ottiene un notevole successo e genera reazioni contrastanti nella critica di sinistra.

In maggio esce il primo numero del «Notiziario Einaudi», da lui redatto, e di cui diviene direttore responsabile a partire dal n. 7 di questo stesso anno.

Estate: insieme con Paolo Monelli, inviato della «Stampa», segue le Olimpiadi di Helsinki scrivendo articoli di colore per «l'Unità». «Monelli era molto miope, ed ero io che gli dicevo: guarda qua, guarda là. Il giorno dopo aprivo "La Stampa" e vedevo che lui aveva scritto tutto quello che gli avevo indicato, mentre io non ero stato capace di farlo. Per questo ho rinunciato a diventare giornalista» [Nasc 84].

Pubblica su «Botteghe Oscure» (una rivista internazionale di letteratura diretta dalla principessa Marguerite Caetani di Bassiano e redatta da Giorgio Bassani) il racconto *La formica argentina*. Prosegue la collaborazione con «l'Unità», scrivendo articoli di vario genere (mai raccolti in volume), sospesi tra la narrazione, il reportage e l'apologo sociale; negli ultimi mesi dell'anno appaiono le prime novelle di *Marcovaldo*.

1953

Dopo *Il Bianco Veliero* e *I giovani del Po*, lavora per alcuni anni a un terzo tentativo di narrazione d'ampio respiro, *La collana della regina*, «un romanzo realistico-social-grottesco-gogoliano» di ambiente torinese e operaio, destinato anch'esso a rimanere inedito. Sulla rivista romana «Nuovi Argomenti» esce il racconto *Gli avanguardisti a Mentone*.

1954

Inizia a scrivere sul settimanale «Il Contemporaneo», diretto da Romano Bilenchi, Carlo Salinari e Antonello Trombadori; la collaborazione durerà quasi tre anni.
Esce nei Gettoni *L'entrata in guerra*.
Viene definito il progetto delle *Fiabe italiane*, scelta e trascrizione di duecento racconti popolari delle varie regioni d'Italia dalle raccolte folkloristiche ottocentesche, corredata da introduzione e note di commento. Durante il lavoro preparatorio Calvino si avvale dell'assistenza dell'etnologo Giuseppe Cocchiara, ispiratore, per la collana dei Millenni, della collezione dei Classici della fiaba. Comincia con una corrispondenza dalla XV Mostra cinematografica di Venezia una collaborazione con la rivista «Cinema Nuovo», che durerà alcuni anni. Si reca spesso a Roma, dove, a partire da quest'epoca, trascorre buona parte del suo tempo.

1955

Dal 1° gennaio ottiene da Einaudi la qualifica di dirigente, che manterrà fino al 30 giugno 1961; dopo quella data diventerà consulente editoriale.
Esce su «Paragone» Letteratura *Il midollo del leone*, primo di una serie di impegnativi saggi, volti a definire la propria idea di letteratura rispetto alle principali tendenze culturali del tempo.

Fra gli interlocutori più aggueriti e autorevoli, quelli che Calvino chiamerà gli hegelo-marxiani: Cesare Cases, Renato Solmi, Franco Fortini.

Stringe con l'attrice Elsa De Giorgi una relazione destinata a durare qualche anno.

1956

In gennaio la segreteria del Pci lo nomina membro della Commissione culturale nazionale.

Partecipa al dibattito sul romanzo *Metello* con una lettera a Vasco Pratolini, pubblicata su «Società».

Il XX congresso del Pcus apre un breve periodo di speranze in una trasformazione del mondo del socialismo reale. «Noi comunisti italiani eravamo schizofrenici. Sì, credo proprio che questo sia il termine esatto. Con una parte di noi eravamo e volevamo essere i testimoni della verità, i vendicatori dei torti subiti dai deboli e dagli oppressi, i difensori della giustizia contro ogni sopraffazione. Con un'altra parte di noi giustificavamo i torti, le sopraffazioni, la tirannide del partito, Stalin, in nome della Causa. Schizofrenici. Dissociati. Ricordo benissimo che quando mi capitava di andare in viaggio in qualche paese del socialismo, mi sentivo profondamente a disagio, estraneo, ostile. Ma quando il treno mi riportava in Italia, quando ripassavo il confine, mi domandavo: ma qui, in Italia, in questa Italia, che cos'altro potrei essere se non comunista? Ecco perché il disgelo, la fine dello stalinismo, ci toglieva un peso terribile dal petto: perché la nostra figura morale, la nostra personalità dissociata, finalmente poteva ricomporsi, finalmente rivoluzione e verità tornavano a coincidere. Questo era, in quei giorni, il sogno e la speranza di molti di noi» [Rep 80]. In vista di una possibile trasformazione del Pci, Calvino ha come punto di riferimento Antonio Giolitti. Interviene sul «Contemporaneo» nell'acceso *Dibattito sulla cultura marxista* che si svolge fra marzo e luglio, mettendo in discussione la linea culturale del Pci; più tardi (24 luglio), in una riunione della Commissione culturale centrale polemizza con Alicata ed esprime «una mozione di sfiducia verso tutti i compagni che attualmente occupano posti direttivi nelle istanze culturali del partito» [cfr. «l'Unità», 13 giugno 1990]. Il disagio nei confronti delle scelte politiche del vertice comunista si fa più vivo: il 26 ottobre Calvino presenta all'organizzazione di partito dell'Einaudi, la cellula Giaime Pintor, un ordine del giorno che denuncia «l'inammissibile falsificazione della realtà» operata dall'«Unità» nel riferire gli avvenimenti di Poznań e di Budapest, e critica con asprezza l'incapacità del partito di rinnovarsi alla luce degli esiti del XX congresso e dell'evoluzione in corso all'Est. Tre giorni dopo, la cellula approva un «appello ai comunisti» nel quale si chiede fra l'altro che «sia sconfessato l'operato della direzione» e che «si dichiari apertamente la nostra piena solidarietà con i movimenti popolari polacco e ungherese e con i comunisti che non hanno abbandonato le masse protese verso un radicale rinnovamento dei metodi e degli uomini».

Dedica uno dei suoi ultimi interventi sul «Contemporaneo» a Pier Paolo Pasolini, in polemica con una parte della critica di sinistra. Scrive l'atto unico *La panchina*, musicato da Sergio Liberovici, che sarà rappresentato in ottobre al Teatro Donizetti di Bergamo. In novembre escono le *Fiabe italiane*. Il successo dell'opera consolida l'immagine di un Calvino «favolista» (che diversi critici vedono in contrasto con l'intellettuale impegnato degli interventi teorici).

1957

Esce *Il barone rampante*, mentre sul quaderno XX di «Botteghe Oscure» appare *La speculazione edilizia*.

Pubblica su «Città aperta» (periodico fondato da un gruppo dissidente di intellettuali comunisti romani) il racconto-apologo *La gran bonaccia delle Antille*, che mette alla berlina l'immobilismo del Pci.

Dopo l'abbandono del Pci da parte di Antonio Giolitti, il 1° agosto rassegna le proprie dimissioni con una sofferta lettera al Comitato federale di Torino del quale faceva parte, pubblicata il 7 agosto sull'«Unità». Oltre a illustrare le ragioni del suo dissenso politico e a confermare la sua fiducia nelle prospettive democratiche del socialismo internazionale, ricorda il peso decisivo che la milizia comunista ha avuto nella sua formazione intellettuale e umana.

Tuttavia questi avvenimenti lasciano una traccia profonda nel suo atteggiamento: «Quelle vicende mi hanno estraniato dalla politica, nel senso che la politica ha occupato dentro di me uno spazio molto più piccolo di prima. Non l'ho più ritenuta, da allora, un'attività totalizzante e ne ho diffidato. Penso oggi che la politica registri con molto ritardo cose che, per altri canali, la società manifesta, e penso che spesso la politica compia operazioni abusive e mistificanti» [Rep 80].

1958

Pubblica su «Nuova Corrente» *La gallina di reparto*, frammento del romanzo inedito *La collana della regina*, e su «Nuovi Argomenti» *La nuvola di smog*. Appare il grande volume antologico dei *Racconti*, a cui verrà assegnato l'anno seguente il premio Bagutta.

Collabora al settimanale «Italia domani» e alla rivista di Antonio Giolitti «Passato e Presente», partecipando per qualche tempo al dibattito per una nuova sinistra socialista.

Per un paio di anni collabora con il gruppo torinese di «Cantacronache», scrivendo tra il '58 e il '59 testi per quattro canzoni di Liberovici (*Canzone triste*, *Dove vola l'avvoltoio*, *Oltre il ponte* e *Il padrone del mondo*), e una di Fiorenzo Carpi (*Sul verde fiume Po*). Scriverà anche le parole per una canzone di Laura Betti, *La tigre*, e quelle di *Turin-la-nuit*, musicata da Piero Santi.

1959

Esce *Il cavaliere inesistente*.

Con il n. 3 dell'anno VIII cessa le pubblicazioni il «Notiziario Einaudi». Esce il primo numero del «Menabò di letteratura»: «Vittorini lavorava da Mondadori a Milano, io lavoravo da Einaudi a Torino. Siccome durante tutto il periodo dei "Gettoni" ero io che dalla redazione torinese tenevo i contatti con lui, Vittorini volle che il mio nome figurasse accanto al suo come condirettore del "Menabò". In realtà la rivista era pensata e composta da lui, che decideva l'impostazione d'ogni numero, ne discuteva con gli amici invitati a collaborare, e raccoglieva la maggior parte dei testi» [Men 73].

Declina un'offerta di collaborazione al quotidiano socialista «Avanti!».

Alla fine di giugno, al Festival dei Due Mondi di Spoleto, nel quadro dello spettacolo *Fogli d'album*, viene rappresentato un breve sketch tratto dal suo racconto *Un letto di passaggio*.

In settembre viene messo in scena alla Fenice di Venezia il racconto mimico *Allez-hop*, musicato da Luciano Berio. A margine della produzione narrativa e saggistica e dell'attività giornalistica ed editoriale, Calvino coltiva infatti lungo l'intero arco della sua carriera l'antico interesse per il teatro, la musica e lo spettacolo in generale, tuttavia con sporadici risultati compiuti.

A novembre, grazie a un finanziamento della Ford Foundation, parte per un viaggio negli Stati Uniti che lo porta nelle principali località del paese. Il viaggio dura sei mesi: quattro ne trascorre a New York. La città lo colpisce profondamente, anche per la varietà degli ambienti con cui entra in contatto. Anni dopo dirà che New York è la città che ha sentito sua più di qualsiasi altra. Ma già nella prima delle corrispondenze per il settimanale «ABC» scriveva: «Io amo New York, e l'amore è cieco. E muto: non so controbattere le ragioni degli odiatori con le mie [...]. In fondo, non si è mai capito bene perché Stendhal amasse tanto Milano. Farò scrivere sulla mia tomba, sotto il mio nome, "newyorkese"?» (11 giugno 1960).

1960
Raccoglie la trilogia araldica nel volume dei *Nostri antenati*, accompagnandola con un'importante introduzione.
Sul «Menabò» n. 2 appare il saggio *Il mare dell'oggettività*.

1961
La sua notorietà va sempre più consolidandosi. Di fronte al moltiplicarsi delle offerte, appare combattuto fra disponibilità curiosa ed esigenza di concentrazione: «Da un po' di tempo, le richieste di collaborazioni da tutte le parti – quotidiani, settimanali, cinema, teatro, radio, televisione –, richieste una più allettante dell'altra come compenso e risonanza, sono tante e così pressanti, che io – combattuto fra il timore di disperdermi in cose effimere,

l'esempio di altri scrittori più versatili e fecondi che a momenti mi dà il desiderio d'imitarli ma poi invece finisce per ridarmi il piacere di star zitto pur di non assomigliare a loro, il desiderio di raccogliermi per pensare al "libro" e nello stesso tempo il sospetto che solo mettendosi a scrivere qualunque cosa anche "alla giornata" si finisce per scrivere ciò che rimane – insomma, succede che non scrivo né per i giornali, né per le occasioni esterne né per me stesso» [lettera a Emilio Cecchi, 3 novembre]. Tra le proposte rifiutate, quella di collaborare al «Corriere della Sera». Raccoglie le cronache e le impressioni del suo viaggio negli Stati Uniti in un libro, *Un ottimista in America*, che però decide di non pubblicare quando è già in bozze.

In aprile compie un viaggio di quindici giorni in Scandinavia: tiene conferenze a Copenhagen, a Oslo e a Stoccolma (all'Istituto italiano di cultura).

Fra la fine di aprile e l'inizio di maggio è nell'isola di Maiorca per il premio internazionale Formentor.

In settembre, insieme con colleghi e amici dell'Einaudi e di Cantacronache, partecipa alla prima marcia della pace Perugia-Assisi, promossa da Aldo Capitini.

In ottobre si reca a Monaco di Baviera, e a Francoforte per la Fiera del libro.

1962

In aprile a Parigi fa conoscenza con Esther Judith Singer, detta Chichita, traduttrice argentina che lavora presso organismi internazionali come l'Unesco e l'International Atomic Energy Agency (attività che proseguirà fino al 1984, in qualità di free lance). In questo periodo Calvino si dice affetto da «dromomania»: si sposta di continuo fra Roma (dove ha affittato un pied-à-terre), Torino, Parigi e Sanremo.

«I liguri sono di due categorie: quelli attaccati ai propri luoghi come patelle allo scoglio che non riusciresti mai a spostarli; e quelli che per casa hanno il mondo e dovunque siano si trovano come a casa loro. Ma anche i secondi, e io sono dei secondi [...] tornano regolarmente a casa, restano attaccati al loro paese non meno dei primi» [Bo 60].

Inizia con il quotidiano milanese «Il Giorno» una collaborazione sporadica che si protrarrà per diversi anni.

Sul n. 5 del «Menabò» vede la luce il saggio *La sfida al labirinto*, sul n. 1 di «Questo e altro» il racconto *La strada di San Giovanni*.

1963

È l'anno in cui prende forma in Italia il movimento della cosiddetta neoavanguardia; Calvino, pur senza condividerne le istanze, ne segue gli sviluppi con interesse. Dell'attenzione e della distanza di Calvino verso le posizioni del Gruppo '63 è significativo documento la polemica con Angelo Guglielmi seguita alla pubblicazione della *Sfida al labirinto*.

Pubblica nella collana Libri per ragazzi la raccolta *Marcovaldo ovvero Le stagioni in città*. Illustrano il volume (cosa di cui Calvino si dichiarerà sempre fiero) 23 tavole di Sergio Tofano. Escono *La giornata d'uno scrutatore* e l'edizione in volume autonomo della *Speculazione edilizia*.

Alla metà di marzo compie un viaggio in Libia: all'Istituto italiano di cultura di Tripoli tiene una conferenza su «Natura e storia nei romanzi di ieri e di oggi».

In maggio passa una settimana a Corfù come membro della giuria del premio Formentor. Il 18 maggio riceve a Losanna il premio internazionale Charles Veillon per *La giornata d'uno scrutatore*. Compie lunghi soggiorni in Francia.

1964

Il 19 febbraio a L'Avana sposa Chichita.

«Nella mia vita ho incontrato donne di grande forza. Non potrei vivere senza una donna al mio fianco. Sono solo un pezzo d'un essere bicefalo e bisessuato, che è il vero organismo biologico e pensante» [RdM 80].

Il viaggio a Cuba gli dà l'occasione di visitare i luoghi natali e la casa dove abitavano i genitori. Fra i vari incontri, un colloquio personale con Ernesto «Che» Guevara.

Scrive una fondamentale prefazione per la nuova edizione del *Sentiero dei nidi di ragno*.

Dopo l'estate si stabilisce con la moglie a Roma, in un appartamento in via di Monte Brianzo. Della famiglia fa parte anche Marcelo Weil, il figlio sedicenne che Chichita ha avuto dal primo marito. Ogni due settimane si reca a Torino per le riunioni einaudiane e per sbrigare la corrispondenza.

Appare sul «Menabò» n. 7 il saggio *L'antitesi operaia*, che avrà scarsa eco. Nella raccolta *Una pietra sopra* (1980) Calvino lo presenterà come «un tentativo di inserire nello sviluppo del mio discorso (quello dei miei precedenti saggi sul "Menabò") una ricognizione delle diverse valutazioni del ruolo storico della classe operaia e in sostanza di tutta la problematica della sinistra di quegli anni [...] forse l'ultimo mio tentativo di comporre gli elementi più diversi in un disegno unitario e armonico».

Sul «Caffè» di novembre escono le prime quattro cosmicomiche: *La distanza della Luna, Sul far del giorno, Un segno nello spazio, Tutto in un punto.*

1965

Interviene con due articoli («Rinascita», 30 gennaio e «Il Giorno», 3 febbraio) nel dibattito sul nuovo italiano «tecnologico» aperto da Pier Paolo Pasolini.

In aprile nasce a Roma la figlia Giovanna. «Fare l'esperienza della paternità per la prima volta dopo i quarant'anni dà un grande senso di pienezza, ed è oltretutto un inaspettato divertimento» [lettera del 24 novembre a Hans Magnus Enzensberger].

Pubblica *Le Cosmicomiche.* Con lo pseudonimo Tonio Cavilla, cura un'edizione ridotta e commentata del *Barone rampante* nella collana Letture per la scuola media. Esce il dittico *La nuvola di smog* e *La formica argentina* (in precedenza edite nei *Racconti*).

1966

Il 12 febbraio muore Vittorini. «È difficile associare l'idea della morte – e fino a ieri quella della malattia – alla figura di Vittorini. Le immagini della negatività esistenziale, fondamentali per tanta parte della letteratura contemporanea, non erano le sue: Elio era sempre alla ricerca di nuove immagini di vita. E sapeva suscitarle negli altri» [Conf 66]. Un anno dopo, in un numero monografico del «Menabò» dedicato allo scrittore siciliano, pubblicherà l'ampio saggio *Vittorini: progettazione e letteratura*. Dopo la scomparsa di Vittorini la posizione di Calvino nei riguardi dell'attualità muta: subentra, come dichiarerà in seguito, una presa di distanza, con un cambiamento di ritmo. «Una vocazione di topo di biblioteca che prima non avevo mai potuto seguire [...] adesso ha preso il sopravvento, con mia piena soddisfazione, devo dire. Non che sia diminuito il mio interesse per quello che succede, ma non sento più la spinta a esserci in mezzo in prima persona. È soprattutto per via del fatto che non sono più giovane, si capisce. Lo stendhalismo, che era stata la filosofia pratica della mia giovinezza, a un certo punto è finito. Forse è solo un processo del metabolismo, una cosa che viene con l'età, ero stato giovane a lungo, forse troppo, tutt'a un tratto ho sentito che doveva cominciare la vecchiaia, sì proprio la vecchiaia, sperando magari d'allungare la vecchiaia cominciandola prima» [Cam 73]. La presa di distanza non è però una scontrosa chiusura all'esterno. In maggio riceve da Jean-Louis Barrault la proposta di scrivere un testo per il suo teatro. All'inizio di giugno partecipa a La Spezia alle riunioni del Gruppo '63. In settembre invia a un editore inglese un contributo al volume *Authors take sides on Vietnam* («In un mondo in cui nessuno può essere contento di se stesso o in pace con la propria coscienza, in cui nessuna nazione o istituzione può pretendere d'incarnare un'idea universale e neppure soltanto la propria verità particolare, la presenza della gente del Vietnam è la sola che dia luce»).

1967

Nella seconda metà di giugno si trasferisce con la famiglia a Parigi, in una villetta sita in Square de Châtillon, col proposito di restarvi cinque anni. Vi abiterà invece fino al 1980, compiendo peraltro frequenti viaggi in Italia, dove trascorre anche i mesi estivi.

Finisce di tradurre *I fiori blu* di Raymond Queneau. Alla poliedrica attività del bizzarro scrittore francese rinviano vari aspetti del Calvino maturo: il gusto della comicità estrosa e paradossale (che non sempre s'identifica con il *divertissement*), l'interesse per la scienza e per il gioco combinatorio, un'idea artigianale della letteratura in cui convivono sperimentalismo e classicità. Da una conferenza sul tema «Cibernetica e fantasmi» ricava il saggio *Appunti sulla narrativa come processo combinatorio*, che pubblica su «Nuova Corrente». Sulla stessa rivista e su «Rendiconti» escono rispettivamente *La cariocinesi* e *Il sangue, il mare*, entrambi poi raccolti nel volume *Ti con zero*.

Verso la fine dell'anno s'impegna con Giovanni Enriques della casa editrice Zanichelli a progettare e redigere, in collaborazione con G.B. Salinari e quattro insegnanti, un'antologia per la scuola media che uscirà nel 1969 col titolo *La lettura*.

1968

Il nuovo interesse per la semiologia è testimoniato dalla partecipazione ai due seminari di Barthes su *Sarrasine* di Balzac all'École des Hautes Études della Sorbona, e a una settimana di studi semiotici all'Università di Urbino, caratterizzata dall'intervento di Algirdas Julien Greimas.

A Parigi frequenta Queneau, che lo presenterà ad altri membri dell'*Oulipo* (*Ouvroir de littérature potentielle*, emanazione del Collège de Pataphysique di Alfred Jarry), fra i quali Georges Perec, François Le Lionnais, Jacques Roubaud, Paul Fournel. Per il resto, nella capitale francese i suoi contatti sociali e culturali non saranno particolarmente intensi: «Forse io non ho la dote di stabilire dei rapporti personali con i luoghi, resto sempre un po' a mezz'aria, sto nelle città con un piede solo. La mia scrivania è un po' come un'isola: potrebbe essere qui come in un altro paese [...] facendo lo scrittore una parte del mio lavoro la posso svolgere in solitudine, non importa dove, in una casa isolata in mezzo alla campagna, o in un'isola, e questa casa di campagna io ce l'ho nel bel mezzo di Parigi. E così, mentre la vita di relazione connessa col mio lavoro si svolge tutta in Italia, qui ci vengo quando posso o devo stare solo» [EP 74].

Come già nei riguardi dei movimenti giovanili di protesta dei primi anni Sessanta, segue la contestazione studentesca con interesse, ma senza condividerne atteggiamenti e ideologia.

Il suo «contributo al rimescolio di idee di questi anni» [Cam 73] è legato piuttosto alla riflessione sul tema dell'utopia. Matura così la proposta di una rilettura di Fourier, che si concreta nel '71 con la pubblicazione di un'originale antologia di scritti: «È dell'indice del volume che sono particolarmente fiero: il mio vero saggio su Fourier è quello» [Four 71].

Rifiuta il premio Viareggio per *Ti con zero* («Ritenendo definitivamente conclusa epoca premi letterari rinuncio premio perché non mi sento di continuare ad avallare con mio consenso istituzioni ormai svuotate di significato stop. Desiderando evitare ogni clamore giornalistico prego non annunciare mio nome fra vincitori stop. Credete mia amicizia»); accetterà invece due anni dopo il premio Asti, nel '72 il premio Feltrinelli dell'Accademia dei Lincei, poi quello della Città di Nizza, il Mondello e altri.

Per tutto l'anno lavora intensamente ai tre volumi dell'antologia scolastica *La lettura*; i suoi interlocutori alla Zanichelli sono Delfino Insolera e Gianni Sofri.

Pubblica presso il Club degli Editori di Milano *La memoria del mondo e altre storie cosmicomiche*.

Fra il 1968 e il 1972 – insieme con alcuni amici (Guido Neri, Carlo Ginzburg, Enzo Melandri e soprattutto Gianni Celati) – ragiona a voce e per scritto sulla possibilità di dar vita a una rivista («Alì Babà»). Particolarmente viva in lui è l'esigenza di rivolgersi a «un pubblico nuovo, che non ha ancora pensato al posto che può avere la lettura nei bisogni quotidiani»: di qui il progetto, mai realizzato, di «una rivista a larga tiratura, che si vende nelle edicole, una specie di "Linus", ma non a fumetti, romanzi a puntate con molte illustrazioni, un'impaginazione attraente. E molte rubriche che esemplificano strategie narrative, tipi di personaggi, modi di lettura, istituzioni stilistiche, funzioni poetico-antropologiche, ma tutto attraverso cose divertenti da leggere. Insomma un tipo di ricerca fatto con gli strumenti della divulgazione» [Cam 73].

1969

Nel volume *Tarocchi. Il mazzo visconteo di Bergamo e New York* di Franco Maria Ricci appare *Il castello dei destini incrociati*. Prepara la seconda edizione di *Ultimo viene il corvo*. Sul «Caffè» appare *La decapitazione dei capi*.

In primavera esce *La lettura*. Di concezione interamente calviniana sono i capitoli *Osservare e descrivere*, nei quali si propone un'idea di descrizione come esperienza conoscitiva, «*problema da risolvere*» («Descrivere vuol dire tentare delle approssimazioni che ci portano sempre un po' più vicino a quello che vogliamo dire, e nello stesso tempo ci lasciano sempre un po' insoddisfatti, per cui dobbiamo continuamente rimetterci ad osservare e a cercare come esprimere meglio quel che abbiamo osservato» [Let 69]).

1970

Nella nuova collana einaudiana degli Struzzi esce in giugno *Gli amori difficili*, primo e unico volume della serie I racconti di Italo Calvino; il libro si apre con una sua nota bio-bibliografica non firmata.

Rielaborando il materiale di un ciclo di trasmissioni radiofoniche, pubblica una scelta di brani del poema ariostesco, *Orlando furioso di Ludovico Ariosto raccontato da Italo Calvino*.

Durante gli anni Settanta torna più volte a occuparsi di fiaba, scrivendo tra l'altro prefazioni a nuove edizioni di celebri raccolte (Lanza, Basile, Grimm, Perrault, Pitré).

1971

Einaudi gli affida la direzione della collana Centopagine, che lo impegnerà per alcuni anni. Fra gli autori pubblicati si conteranno, oltre ai classici a lui più cari (Stevenson, Conrad, James, Stendhal, Hoffmann, un certo Balzac, un certo Tolstòj), svariati minori italiani a cavallo fra Otto e Novecento.

Nella miscellanea *Adelphiana* appare *Dall'opaco*.

1972

In marzo lo scrittore americano John Barth lo invita a sostituirlo per l'anno accademico 1972-73 nel corso di *fiction-writing* da lui tenuto a Buffalo, alla facoltà di Arts and Letters della State University di New York. Alla fine di aprile, sia pure a malincuore, Calvino rinuncia all'invito.

In giugno l'Accademia nazionale dei Lincei gli assegna il premio Antonio Feltrinelli 1972 per la narrativa; il conferimento del premio avverrà in dicembre.

Pubblica *Le città invisibili*.

In novembre partecipa per la prima volta a un *déjeuner* dell'*Oulipo*, di cui diventerà *membre étranger* nel febbraio successivo. Sempre in novembre esce, sul primo numero dell'edizione italiana di «Playboy», *Il nome, il naso*.

1973

Esce l'edizione definitiva del *Castello dei destini incrociati*.

Rispondendo a un'inchiesta di «Nuovi Argomenti» sull'estremismo, dichiara: «Credo giusto avere una coscienza estremista della gravità della situazione, e che proprio questa gravità richieda spirito analitico, senso della realtà, responsabilità delle conseguenze di ogni azione parola pensiero, doti insomma non estremiste per definizione» [NA 73].

Viene ultimata la costruzione della casa nella pineta di Roccamare, presso Castiglione della Pescaia, dove Calvino trascorrerà d'ora in poi tutte le estati. Fra gli amici più assidui Carlo Fruttero e Pietro Citati.

1974

L'8 gennaio, finalista con *Le città invisibili* del XXIII premio Pozzale, partecipa al dibattito sulla narrativa italiana del dopoguerra svoltosi alla biblioteca Renato Fucini di Empoli.

Inizia a scrivere sul «Corriere della Sera» racconti, resoconti di viaggio e una nutrita serie d'interventi sulla realtà politica e sociale del paese. La collaborazione durerà sino al 1979; tra i primi contributi, il 25 aprile, *Ricordo di una battaglia*. Nello stesso anno un altro scritto d'indole autobiografica, l'*Autobiografia di uno spettatore*, appare come prefazione a *Quattro film* di Federico Fellini.

Per la serie radiofonica "Le interviste impossibili" scrive i dialoghi *Montezuma* e *L'uomo di Neanderthal*.

1975
Nella seconda metà di maggio compie un viaggio in Iran, incaricato dalla Rai di effettuare i sopralluoghi per la futura eventuale realizzazione del programma "Le città della Persia".
Il 1° di agosto si apre sul «Corriere della Sera», con *La corsa delle giraffe*, la serie dei racconti del signor Palomar.
Ripubblica nella Biblioteca Giovani di Einaudi *La memoria del mondo e altre storie cosmicomiche*.

1976
Fra la fine di febbraio e la metà di marzo è negli Stati Uniti: prima ospite del College di Amherst (Mass.); poi una settimana a Baltimora per i Writing Seminars della Johns Hopkins University (dove tiene seminari sulle *Cosmicomiche* e sui *Tarocchi*, una conferenza e una lettura pubblica delle *Città invisibili*); poi una settimana a New York. Passa infine una decina di giorni in Messico con la moglie Chichita.
Il viaggio in Messico e quello che farà nel mese di novembre in Giappone gli danno lo spunto per una serie di articoli sul «Corriere della Sera».

1977
L'8 febbraio, a Vienna, il ministero austriaco dell'Istruzione e dell'Arte gli conferisce lo Staatspreis für Europäische Literatur.
Esce su «Paragone» Letteratura *La poubelle agréée*.
Dà alle stampe *La penna in prima persona* (*Per i disegni di Saul Steinberg*). Lo scritto si inserisce in una serie di brevi lavori, spesso in bilico tra saggio e racconto, ispirati alle arti figurative (in una sorta di libero confronto con opere di Fausto Melotti, Giulio Paolini, Lucio Del Pezzo, Cesare Peverelli, Valerio Adami, Alberto Magnelli, Luigi Serafini, Domenico Gnoli, Giorgio De Chirico, Enrico Baj, Arakawa...).
Sull'«Approdo letterario» di dicembre, col titolo *Il signor Palomar in Giappone*, pubblica la serie integrale dei pezzi ispirati dal viaggio dell'anno precedente.

1978

In una lettera a Guido Neri del 31 gennaio scrive che *La poubelle agréée* fa parte di «una serie di testi autobiografici con una densità più saggistica che narrativa, testi che in gran parte esistono solo nelle mie intenzioni, e in parte in redazioni ancora insoddisfacenti, e che un giorno forse saranno un volume che forse si chiamerà *Passaggi obbligati*».

In aprile, all'età di 92 anni muore la madre. La Villa Meridiana sarà venduta qualche tempo dopo.

1979

Pubblica il romanzo *Se una notte d'inverno un viaggiatore*.

Con l'articolo *Sono stato stalinista anch'io?* (16-17 dicembre) inizia una fitta collaborazione al quotidiano «la Repubblica» in cui i racconti si alternano alla riflessione su libri, mostre e altri fatti di cultura. Sono quasi destinati a sparire invece, rispetto a quanto era avvenuto con il «Corriere della Sera», gli articoli di tema sociale e politico (fra le eccezioni l'*Apologo sull'onestà nel paese dei corrotti*, 15 marzo 1980).

1980

Raccoglie nel volume *Una pietra sopra. Discorsi di letteratura e società* la parte più significativa dei suoi interventi saggistici dal 1955 in poi.

Nel mese di settembre si trasferisce con la famiglia a Roma, in piazza Campo Marzio, in una casa con terrazza a un passo dal Pantheon.

Accetta da Rizzoli l'incarico di curare un'ampia scelta di testi di Tommaso Landolfi.

1981

Riceve la Legion d'onore.

Cura l'ampia raccolta di scritti di Queneau *Segni, cifre e lettere*. Sulla rivista «Il cavallo di Troia» appare *Le porte di Bagdad*, azione scenica per i bozzetti di Toti Scialoja. Su richiesta di Adam Pollock (che ogni estate organizza a Batignano, presso Grosseto, spettacoli d'opera del Seicento e del Settecento) compone un testo a carattere combinatorio, con funzione di cornice, per l'incompiuto *Singspiel* di Mozart *Zaide*. Presiede a Venezia la giuria della XXIX Mostra internazionale del cinema, che premia, oltre ad *Anni di piombo* di Margarethe von Trotta, *Sogni d'oro* di Nanni Moretti.

1982
All'inizio dell'anno, tradotta da Sergio Solmi, esce da Einaudi la *Piccola cosmogonia portatile* di Queneau; il poema è seguito da una *Piccola guida alla Piccola cosmogonia* cui Calvino ha lavorato fra il 1978 e il 1981, discutendo e risolvendo ardui problemi d'interpretazione e di resa del testo in un fitto dialogo epistolare con Solmi.
All'inizio di marzo, al Teatro alla Scala di Milano, viene rappresentata *La Vera Storia*, opera in due atti scritta da Berio e Calvino. Di quest'anno è anche l'azione musicale *Duo*, primo nucleo del futuro *Un re in ascolto*, sempre composta in collaborazione con Berio. Su «FMR» di giugno appare il racconto *Sapore sapere*.
In ottobre Rizzoli pubblica il volume *Le più belle pagine di Tommaso Landolfi scelte da Italo Calvino*, con una sua nota finale dal titolo *L'esattezza e il caso*.
In dicembre esce da Einaudi la *Storia naturale* di Plinio con una sua introduzione dal titolo *Il cielo, l'uomo, l'elefante*.

1983
Viene nominato per un mese «directeur d'études» all'École des Hautes Études. Il 25 gennaio tiene una lezione su «Science et métaphore chez Galilée» al seminario di Greimas. Legge in inglese alla New York University («James Lecture») la conferenza *Mondo scritto e mondo non scritto*.
Nel pieno della grave crisi che ha colpito la casa editrice Einaudi esce in novembre *Palomar*.

1984
Nel mese di aprile, insieme con la moglie Chichita, compie un viaggio in Argentina, accogliendo l'invito della Feria Internacional del Libro di Buenos Aires. S'incontra anche con Raúl Alfonsín, eletto alcuni mesi prima presidente della repubblica.

In agosto diserta la prima di *Un re in ascolto*; in una lettera a Claudio Varese del mese successivo scrive: «L'opera di Berio a Salisburgo di mio ha il titolo e credo nient'altro».

In settembre è a Siviglia, dove è stato invitato insieme con Borges a un convegno sulla letteratura fantastica.

In seguito alle perduranti difficoltà finanziarie dell'Einaudi decide di accettare l'offerta dell'editore milanese Garzanti, presso il quale appaiono in autunno *Collezione di sabbia* e *Cosmicomiche vecchie e nuove*.

1985

S'impegna con la casa editrice Einaudi a scrivere un'introduzione per *America* di Kafka.

Passa l'estate lavorando intensamente nella sua casa di Roccamare: traduce *La canzone del polistirene* di Queneau (il testo apparirà postumo presso Scheiwiller, come strenna fuori commercio della Montedison); mette a punto la stesura definitiva di un'intervista a Maria Corti che uscirà nel numero di ottobre di «Autografo»; e soprattutto prepara il testo delle conferenze (*Six Memos for the Next Millennium*) che dovrà tenere all'Università Harvard («Norton Lectures») nell'anno accademico 1985-86. Colpito da ictus il 6 settembre, viene ricoverato e operato all'ospedale Santa Maria della Scala di Siena. Muore in seguito a emorragia cerebrale nella notte fra il 18 e il 19.

Nella *Cronologia* si è fatto ricorso alle seguenti abbreviazioni:

Accr 60 = *Ritratti su misura di scrittori italiani*, a cura di Elio Filippo Accrocca, Sodalizio del Libro, Venezia 1960.

As 74 = *Autobiografia di uno spettatore*, prefazione a Federico Fellini, *Quattro film*, Einaudi, Torino 1974; poi in *La strada di San Giovanni*, Mondadori, Milano 1990.

Bo 60 = *Il comunista dimezzato*, intervista di Carlo Bo, «L'Europeo», 28 agosto 1960.

Cam 73 = Ferdinando Camon, *Il mestiere di scrittore*. Conversazioni critiche con G. Bassani, I. Calvino, C. Cassola, A. Moravia, O. Ottieri, P.P. Pasolini, V. Pratolini, R. Roversi, P. Volponi, Garzanti, Milano 1973.

Conf 66 = «Il Confronto», II, 10, luglio-settembre 1966.

DeM 59 = *Pavese fu il mio lettore ideale*, intervista di Roberto De Monticelli, «Il Giorno», 18 agosto 1959.

D'Er 79 = *Italo Calvino*, intervista di Marco d'Eramo, «mondoperaio», 6, giugno 1979, pp. 133-38.

EP 74 = *Eremita a Parigi*, Edizioni Pantarei, Lugano 1974.

Four 71 = *Calvino parla di Fourier*, «Libri – Paese Sera», 28 maggio 1971.

Gad 62 = Risposta all'inchiesta *La generazione degli anni difficili*, a cura di Ettore A. Albertoni, Ezio Antonini, Renato Palmieri, Laterza, Bari 1962.

Let 69 = *Descrizioni di oggetti*, in *La lettura. Antologia per la scuola media*, a cura di Italo Calvino e Giambattista Salinari, con la collaborazione di Maria D'Angiolini, Melina Insolera, Mietta Penati, Isa Violante, vol. I, Zanichelli, Bologna 1969.

Men 73 = *Presentazione del Menabò (1959-1967)*, a cura di Donatella Fiaccarini Marchi, Edizioni dell'Ateneo, Roma 1973.

NA 73 = *Quattro risposte sull'estremismo*, «Nuovi Argomenti», n.s., 31, gennaio-febbraio 1973.

Nasc 84 = *Sono un po' stanco di essere Calvino*, intervista di Giulio Nascimbeni, «Corriere della Sera», 5 dicembre 1984.

Par 60 = Risposta al questionario di un periodico milanese, «Il paradosso», rivista di cultura giovanile, 23-24, settembre-dicembre 1960, pp. 11-18.

Pes 83 = «*Il gusto dei contemporanei». Quaderno numero tre. Italo Calvino*, Banca Popolare Pesarese, Pesaro 1987.

RdM 80 = *Se una sera d'autunno uno scrittore*, intervista di Ludovica Ripa di Meana, «L'Europeo», 17 novembre 1980, pp. 84-91.

Rep 80 = *Quel giorno i carri armati uccisero le nostre speranze*, «la Repubblica», 13 dicembre 1980.

Rep 84 = *L'irresistibile satira di un poeta stralunato*, «la Repubblica», 6 marzo 1984.

Bibliografia essenziale

Monografie e raccolte di saggi

G. Pescio Bottino, *Italo Calvino*, La Nuova Italia, Firenze 1967 (nuova ed. 1972).

G. Bonura, *Invito alla lettura di Italo Calvino*, Mursia, Milano 1972 (nuova ed. 1985).

C. Calligaris, *Italo Calvino*, Mursia, Milano 1973 (nuova ed. a cura di G.P. Bernasconi, 1985).

F. Bernardini Napoletano, *I segni nuovi di Italo Calvino. Da «Le Cosmicomiche» a «Le città invisibili»*, Bulzoni, Roma 1977.

C. Benussi, *Introduzione a Calvino*, Laterza, Roma-Bari 1989.

G.C. Ferretti, *Le capre di Bikini. Calvino giornalista e saggista 1945-1985*, Editori Riuniti, Roma 1989.

C. Milanini, *L'utopia discontinua. Saggio su Italo Calvino*, Garzanti, Milano 1990.

K. Hume, *Calvino's Fictions: Cogito and Cosmos*, Clarendon Press, Oxford 1992.

R. Bertoni, *Int'abrigu int'ubagu. Discorso su alcuni aspetti dell'opera di Italo Calvino*, Tirrenia Stampatori, Torino 1993.

G. Bertone, *Italo Calvino. Il castello della scrittura*, Einaudi, Torino 1994.

R. Deidier, *Le forme del tempo. Saggio su Italo Calvino*, Guerini e Associati, Milano 1995.

G. Bonsaver, *Il mondo scritto. Forme e ideologia nella narrativa di Italo Calvino*, Tirrenia Stampatori, Torino 1995.

Ph. Daros, *Italo Calvino*, Hachette, Paris 1995.

M. Belpoliti, *L'occhio di Calvino*, Einaudi, Torino 1996.

C. De Caprio, *La sfida di Aracne. Studi su Italo Calvino*, Dante & Descartes, Napoli 1996.

E. Zinato (a cura di), *Conoscere i romanzi di Calvino*, Rusconi, Milano 1997.

M.L. McLaughlin, *Italo Calvino*, Edinburgh University Press, Edinburgh 1998.

P. Castellucci, *Un modo di stare al mondo. Italo Calvino e l'America*, Adriatica, Bari 1999.

S. Perrella, *Calvino*, Laterza, Roma-Bari 1999.

D. Scarpa, *Italo Calvino*, Bruno Mondadori, Milano 1999.

J.-P. Manganaro, *Italo Calvino, romancier et conteur*, Seuil, Paris 2000.

A. Asor Rosa, *Stile Calvino. Cinque studi*, Einaudi, Torino 2001.

M. Belpoliti, *Settanta*, Einaudi, Torino 2001.

M. Lavagetto, *Dovuto a Calvino*, Bollati Boringhieri, Torino 2001.

N. Turi, *L'identità negata. Il secondo Calvino e l'utopia del tempo fermo*, Società Editrice Fiorentina, Firenze 2003.

F. Serra, *Calvino*, Salerno editrice, Roma 2006.

L. Baranelli, *Bibliografia di Italo Calvino*, Edizioni della Normale, Pisa 2007.

M. Barenghi, *Italo Calvino, le linee e i margini*, il Mulino, Bologna 2007 (raccolta di saggi).

M. Bucciantini, *Italo Calvino e la scienza. Gli alfabeti del mondo*, Donzelli, Roma 2007.

A. Nigro, *Dalla parte dell'effimero ovvero Calvino e il paratesto*, Serra, Pisa-Roma 2007.

M. Barenghi, *Calvino*, il Mulino, Bologna 2009 (profilo complessivo).

Articoli e saggi in libri e riviste

G. Almansi, *Il mondo binario di Italo Calvino*, in «Paragone», agosto 1971; poi ripreso in parte, con il titolo *Il fattore Gnac*, in *La ragione comica*, Feltrinelli, Milano 1986.

G. Falaschi, *Italo Calvino*, in «Belfagor», XXVII, 5, 30 settembre 1972.

G. Vidal, *Fabulous Calvino*, in «The New York Review of Books», vol. 21, n. 9, 30 May 1974, pp. 13-21; trad. it. *I romanzi di Calvino*, in G. Vidal, *Le parole e i fatti*, Bompiani, Milano 1978, pp. 107-27; poi in «Riga», 9, 1995, *Italo Calvino. Enciclopedia: arte, scienza e letteratura*, a cura di M. Belpoliti, pp. 136-53; poi in G. Vidal, *Il canarino e la miniera. Saggi letterari (1956-2000)*, Fazi, Roma 2003, pp. 252-69.

M. Barenghi, *Italo Calvino e i sentieri che s'interrompono*, in «Quaderni piacentini» (n.s.), 15, 1984, pp. 127-50; poi, con il titolo *Reti, percorsi, labirinti. Calvino 1984*, in *Italo Calvino, le linee e i margini*, pp. 35-60.

C. Cases, *Non era un dilettante*, in «L'Indice dei libri del mese», II, 8, settembre-ottobre 1985, p. 24; poi, con il titolo *Ricordo di Calvino*, in *Patrie lettere*, nuova ed. Einaudi, Torino 1987, pp. 172-75.

G. Vidal, *On Italo Calvino*, in «The New York Review of Books», vol. 32, n. 18, 21 November 1985, pp. 3-10; trad. it. *La morte di Calvino*, in *Il canarino e la miniera*, pp. 270-80.

G. Pampaloni, *Italo Calvino*, in *Storia della letteratura italiana* diretta da E. Cecchi e N. Sapegno, nuova ed. diretta da N. Sapegno, *Il Novecento*, II, Garzanti, Milano 1987, pp. 554-59.

P.V. Mengaldo, *Aspetti della lingua di Calvino*, in G. Folena (a cura di), *Tre narratori. Calvino, Primo Levi, Parise*, Liviana, Padova 1989, pp. 9-55; poi in *La tradizione del Novecento. Terza serie*, Einaudi, Torino 1991, pp. 227-91.

A. Berardinelli, *Calvino moralista. Ovvero restare sani dopo la fine del mondo*, in «Diario», VII, 9, febbraio 1991, pp. 37-58; poi in *Casi critici. Dal postmoderno alla mutazione*, Quodlibet, Macerata 2007, pp. 91-109.

G. Ferroni, *Italo Calvino*, in *Storia della letteratura italiana*, vol. IV (*Il Novecento*), Einaudi, Torino 1991, pp. 565-89.

J. Starobinski, *Prefazione*, in I. Calvino, *Romanzi e racconti*, ed. diretta da C. Milanini, a cura di M. Barenghi e B. Falcetto, I Meridiani Mondadori, I, Milano 1991.

C. Milanini, *Introduzione*, in I. Calvino, *Romanzi e racconti*, I e II, 1991 e 1992.

M. Barenghi, *Introduzione*, in I. Calvino, *Saggi. 1945-1985*, I Meridiani Mondadori, Milano 1995; poi rielaborata, con il titolo *Una storia, un diario, un trattato (o quasi)*, in *Italo Calvino, le linee e i margini*, pp. 125-57.

M. Marazzi, *L'America critica e fantapolitica di Italo Calvino*, in «Ácoma», II, 5, estate-autunno 1995, pp. 23-31.

R. Ceserani, *Il caso Calvino*, in *Raccontare il postmoderno*, Bollati Boringhieri, Torino 1997, pp. 166-80.

G. Nava, *La teoria della letteratura in Italo Calvino*, in «Allegoria», IX, 25, gennaio-aprile 1997, pp. 169-85.

P.V. Mengaldo, *Italo Calvino*, in *Profili di critici del Novecento*, Bollati Boringhieri, Torino 1998, pp. 82-86.

G. Zaccaria, *Italo Calvino*, in *Storia della letteratura italiana* diretta da E. Malato, IX: *Il Novecento*, Salerno editrice, Roma 2000, pp. 883-923.

Atti di convegni e altri volumi collettanei

G. Bertone (a cura di), *Italo Calvino: la letteratura, la scienza, la città*. Atti del convegno nazionale di studi di Sanremo (28-29 novembre 1986), Marietti, Genova 1988. Contributi di G. Bertone, N. Sapegno, E. Gioanola, V. Coletti, G. Conte, P. Ferrua, M. Quaini, F. Biamonti, G. Dossena, G. Celli, A. Oliverio, R. Pierantoni, G. Dematteis, G. Poletto, L. Berio, G. Einaudi, E. Sanguineti, E. Scalfari, D. Cossu, G. Napolitano, M. Biga Bestagno, S. Dian, L. Lodi, S. Perrella, L. Surdich.

G. Falaschi (a cura di), *Italo Calvino*. Atti del convegno internazionale (Firenze, 26-28 febbraio 1987), Garzanti, Milano 1988. Contributi di L. Baldacci, G. Bàrberi Squarotti, C. Bernardini, G.R. Cardona, L. Caretti, C. Cases, Ph. Daros, D. Del Giudice, A.M. Di Nola, A. Faeti, G. Falaschi, G.C. Ferretti, F. Fortini, M. Fusco, J.-M. Gardair, E. Ghidetti, L. Malerba, P.V. Mengaldo, G. Nava, G. Pampaloni, L. Waage Petersen, R. Pierantoni, S. Romagnoli, A. Asor Rosa, J. Risset, G.C. Roscioni, A. Rossi, G. Sciloni, V. Spinazzola, C. Varese.

D. Frigessi (a cura di), *Inchiesta sulle fate. Italo Calvino e la fiaba* (convegno di San Giovanni Valdarno, 1986), Lubrina, Bergamo 1988. Contributi di A.M. Cirese, M. Barenghi, B. Falcetto, C. Pagetti, L. Clerici, H. Rölleke, G. Cusatelli, P. Clemente, F. Mugnaini, P. Boero, E. Casali, J. Despinette.

L. Pellizzari (a cura di), *L'avventura di uno spettatore. Italo Calvino e il cinema* (convegno di San Giovanni Valdarno, 1987), Lubrina, Bergamo 1990. Contributi di G. Fofi, A. Costa, L. Pellizzari, M. Canosa, G. Fink, G. Bogani, L. Clerici.

L. Clerici e B. Falcetto (a cura di), *Calvino & l'editoria* (convegno di San Giovanni Valdarno, 1990), Marcos y Marcos, Milano 1993. Contributi di V. Spinazzola, L. Clerici e B. Falcetto, G. Bollati, C. Segre, P. Giovannetti, I. Bezzera Violante, S. Taddei, G. Patrizi, A. Cadioli, M. Corti, E. Ferrero, G. Davico Bonino, G. Ragone, M. Dogliotti e F. Enriques, G. Tortorelli, G. Ferretti, L. Baranelli.

L. Clerici e B. Falcetto (a cura di), *Calvino & il comico* (convegno di San Giovanni Valdarno, 1988), Marcos y Marcos, Milano 1994. Contributi di A. Faeti, U. Schulz Buschhaus, C. Milanini, B. Falcetto, G. Bottiroli, A. Civita, G. Ferroni, L. Clerici, V. Spinazzola, B. Pischedda, G. Canova.

G. Bertone (a cura di), *Italo Calvino, A Writer for the Next Millennium*. Atti del convegno internazionale di studi di Sanremo (28 novembre - 1° dicembre 1996), Edizioni dell'Orso, Alessandria 1998. Contributi di G. Bertone, F. Biamonti, G. Ferroni, E. Sanguineti, E. Ferrero, C. Milanini, G.C. Ferretti, G. Einaudi, E. Franco, A. Canobbio, M. Ciccuto, B. Ferraro, G.L. Beccaria, G. Falaschi, M. Belpoliti, P.L. Crovetto, M.L. McLaughlin, V. Coletti, M. Quaini, L. Mondada, C. Raffestin, V. Guarrasi, G. Dematteis, M. Corti, L. Surdich, C. Benussi, P. Zublena.

C. De Caprio e U.M. Olivieri (a cura di), *Il fantastico e il visibile. L'itinerario di Italo Calvino dal neorealismo alle «Lezioni americane»* (Napoli, 9 maggio 1997), con una *Bibliografia della critica calviniana 1947-2000* di D. Scarpa, Libreria Dante & Descartes, Napoli 2000. Contributi di G. Ferroni, C. Ossola, C. De Caprio, M.A. Martinelli, P. Montefoschi, M. Palumbo, F.M. Risolo, C. Bologna, G. Patrizi, M. Boselli, J. Jouet, L. Montella, U.M. Olivieri, D. Scarpa, C. Vallini, M. Belpoliti, S. Perrella, A. Bruciamonti, E.M. Ferrara, L. Palma.

A. Botta e D. Scarpa (a cura di), *Italo Calvino newyorkese*. Atti del colloquio internazionale *Future perfect: Italo Calvino and the reinvention of the Literature*, New York University, New York City 12-13 aprile 1999, Avagliano, Cava de' Tirreni 2002. Contributi di M. Barenghi, M. McLaughlin, M. Bénabou, L. Re, A. Botta, M. Riva, A. Ricciardi, F. La Porta, D. Scarpa, con un'intervista di P. Fournel a Italo Calvino (1985).

P. Grossi (a cura di), *Italo Calvino narratore*. Atti della giornata di studi (19 novembre 2004), Istituto Italiano di Cultura, Parigi 2005. Contributi di V. d'Orlando, C. Milanini, D. Scarpa, D. Ferraris, P. Grossi.

Numeri speciali di periodici

«Nuova Corrente», n. 99, gennaio-giugno 1987: *Italo Calvino/1*, a cura di M. Boselli. Contributi di B. Falcetto, C. Milanini, K. Hume, M. Carlino, L. Gabellone, F. Muzzioli, M. Barenghi, M. Boselli, E. Testa.

«Nuova Corrente», n. 100, luglio-dicembre 1987: *Italo Calvino/2*, a cura di M. Boselli. Contributi di G. Celati, A. Prete, S. Verdino, E. Gioanola, V. Coletti, G. Patrizi, G. Guglielmi, G. Gramigna, G. Terrone, R. West, G.L. Lucente, G. Almansi.

«Riga», 9, 1995, *Italo Calvino. Enciclopedia: arte, scienza e letteratura*, a cura di M. Belpoliti. Testi di I. Calvino, E. Sanguineti, E. Montale, P.P. Pasolini, J. Updike, G. Vidal, M. Tournier, G. Perec, P. Citati, S. Rushdie, C. Fuentes, D. Del Giudice, Fruttero & Lucentini, L. Malerba, N. Ginzburg, H. Mathews, F. Biamonti, A. Tabucchi, G. Manganelli, G. Celati, P. Antonello, M. Belpoliti, R. Deidier, B. Falcetto, M. Porro, F. Ricci, M. Rizzante, D. Scarpa, F. De Leonardis, G. Paolini.

«europe», 815, Mars 1997, *Italo Calvino*. Contributi di J.-B. Para e R. Bozzetto, N. Ginzburg, S. Rushdie, G. Celati, M.-A. Rubat du Mérac, M. Fusco, J. Jouet, A. Asor Rosa, J. Updike, P. Citati, M. Lavagetto, D. Del Giudice, G. Manganelli, M. Belpoliti, J.-P. Manganaro, P. Braffort, M. Barenghi, C. Milanini.

Recensioni e studi su «La speculazione edilizia»

A.B. [Arrigo Benedetti], *Un racconto di Calvino*, in «L'Espresso», III, 48, 1° dicembre 1957, p. 4.

A. Asor Rosa, *Calvino dal sogno alla realtà*, in «Mondo operaio» («Supplemento scientifico-letterario»), XI, 3-4, marzo-aprile 1958, pp. 3-11; poi in *Stile Calvino. Cinque studi*, Einaudi, Torino 2001, pp. 3-30.

O. Del Buono, *Diventa eloquente questa storia grigia*, in «Corriere d'informazione», 10-11 ottobre 1963.

L. Caretti, *Calvino tra favola e realtà* (1958), in *Sul Novecento*, Nistri-Lischi, Pisa 1976, pp. 208-12.

C. Milanini, *Italo Calvino. La trilogia del realismo speculativo*, in «Belfagor», 31 maggio 1989, pp. 241-62; poi, con varianti, in *L'utopia discontinua*, cit.

M.L. McLaughlin, *Il «Fondo Italo Calvino»*, in «Autografo», VI, 17, giugno 1989, pp. 93-103: analisi comparata degli originali della *Speculazione edilizia* donati da Calvino nel 1976 al Fondo manoscritti dell'Università di Pavia.

C. Milanini, *Note e notizie sui testi. La speculazione edilizia*, in I. Calvino, *Romanzi e racconti*, I Meridiani Mondadori, I, Milano 1991, pp. 1338-51.

M.L. McLaughlin, *The genesis of Calvino's «La speculazione edilizia»*, in «Italian Studies», XLVIII, 1993, pp. 71-85.

La speculazione edilizia

I

Alzare gli occhi dal libro (leggeva sempre, in treno) e ritrovare pezzo per pezzo il paesaggio – il muro, il fico, la noria, le canne, la scogliera – le cose viste da sempre di cui soltanto ora, per esserne stato lontano, s'accorgeva: questo era il modo in cui tutte le volte che vi tornava, Quinto riprendeva contatto col suo paese, la Riviera. Ma siccome da anni durava questa storia, della sua lontananza e dei suoi ritorni sporadici, che gusto c'era? sapeva già tutto a memoria: eppure, continuava a cercare di far nuove scoperte, così di scappata, un occhio sul libro l'altro fuori dal finestrino, ed era ormai soltanto una verifica di osservazioni, sempre le stesse.

Però ogni volta c'era qualcosa che gli interrompeva il piacere di quest'esercizio e lo faceva tornare alle righe del libro, un fastidio che non sapeva bene neanche lui. Erano le case: tutti questi nuovi fabbricati che tiravano su, casamenti cittadini di sei otto piani, a biancheggiare massicci come barriere di rincalzo al franante digradare della costa, affacciando più finestre e balconi che potevano verso mare. La febbre del cemento s'era impadronita della Riviera: là vedevi il palazzo già abitato, con le cassette dei gerani tutti uguali ai balconi, qua il caseggiato appena finito, coi vetri segnati da serpenti di gesso, che attendeva le famigliole lombarde smaniose dei bagni; più in là ancora un castello d'impalcature e, sotto, la betoniera che gira e il cartello dell'agenzia per l'acquisto dei locali.

Nelle cittadine in salita, a ripiani, gli edifici nuovi facevano a chi monta sulle spalle dell'altro, e in mezzo i padroni delle case vecchie allungavano il collo nei soprelevamenti. A ***, la città di Quinto, un tempo circondata da giardini ombrosi d'eucalipti e magnolie dove tra siepe e siepe vecchi colonnelli inglesi e anziane miss si prestavano edizioni Tauchnitz e annaffiatoi, ora le scavatrici ribaltavano il terreno fatto morbido dalle foglie marcite o granuloso dalle ghiaie dei vialetti, e il piccone diroccava le villette a due piani, e la scure abbatteva in uno scroscio cartaceo i ventagli delle palme Washingtonia, dal cielo dove si sarebbero affacciate le future soleggiate-tricamere-servizi.

Quando Quinto saliva alla sua villa, un tempo dominante la distesa dei tetti della città nuova e i bassi quartieri della marina e il porto, più in qua il mucchio di case muffite e lichenose della città vecchia, tra il versante della collina a ponente dove sopra gli orti s'infittiva l'oliveto, e, a levante, un reame di ville e alberghi verdi come un bosco, sotto il dosso brullo dei campi di garofani scintillanti di serre fino al Capo: ora più nulla, non vedeva che un sovrapporsi geometrico di parallelepipedi e poliedri, spigoli e lati di case, di qua e di là, tetti, finestre, muri ciechi per servitù contigue con solo i finestrini smerigliati dei gabinetti uno sopra l'altro.

Sua madre, ogni volta che lui veniva a ***, per prima cosa lo faceva salire sul terrazzo, (lui, con la sua nostalgia pigra, distratta e subito disappetente sarebbe ripartito senz'andarci); – Adesso ti faccio vedere le novità, – e gli indicava le nuove fabbriche: – Là i Sampieri soprelevano, quello è un palazzo nuovo di certi di Novara, e le monache, anche le monache, ti ricordi il giardino coi bambù che si vedeva là sotto? Ora guarda che scavo, chissà quanti piani vogliono fare con quelle fondamenta! E l'araucaria della villa Van Moen, la più bella della Riviera, adesso l'impresa Baudino ha comprato tutta l'area, una pianta che avrebbe dovuto preoccuparsene il Comune, andata in legna da bruciare; del resto, trapiantarla era impossibile, le radici chissadove arrivavano. Vieni da questa parte, ora; qui a levante, vista da toglierci non ne avevano più, ma guarda quel nuovo tetto che è spuntato: ebbene, adesso il sole alla mattina arriva qui mezz'ora dopo.

E Quinto: – Eh, eh! Accidenti! Ah, cara mia! – non era capace che d'uscirsene in esclamazioni inespressive e risolini, tra il «Tanto che ci vuoi fare?» e addirittura il compiacimento ai più irreparabili guasti, forse per un residuo di giovanile volontà di scandalo, forse per l'ostentazione di saggezza di chi sa inutili le lamentele contro il moto della storia. Eppure, la vista d'un paese ch'era il suo, che se ne andava così sotto il cemento, senz'essere stato da lui mai veramente posseduto, pungeva Quinto. Ma bisogna dire che egli era uomo storicista, rifiutante malinconie, uomo che ha viaggiato, eccetera, insomma, non glie ne importava niente! Ben altre violenze era pronto a esercitare, lui in persona, e sulla sua stessa esistenza. Quasi gli sarebbe piaciuto, lì sul terrazzo, che sua madre gli desse più esca per questa sua contraddizione, e drizzava l'orecchio a cogliere in quelle rassegnate denunzie che ella accumulava da una visita all'altra gli accenti di una passione che andasse al di là del rimpianto per un paesaggio caro che moriva. Ma il tono di ragionevole recriminazione di sua madre non sfiorava mai quel pendio acrimonioso e più in giù maniaco sul quale tutte le recriminazioni continuate troppo a lungo tendono a inclinare, e che si rivela in appena accennati termini del discorso: il dire, per esempio, «loro» di quelli che costruiscono, quasi si fossero tutti associati ai nostri danni, e «guarda cosa ci fanno» d'ogni cosa che nuoce a noi come a tanti altri; no, nessun appiglio di polemica egli trovava nella serena tristezza di sua madre, e tanto più in lui s'aizzava una smania d'uscire dalla passività, di passare all'offensiva. Ecco, ora, lì, quel suo paese, quella parte amputata di sé, aveva una nuova vita, sia pure abnorme, antiestetica, e proprio per ciò – per i contrasti che dominano le menti educate alla letteratura – più vita che mai. E lui non ne partecipava; legato ai luoghi ormai appena da un filo d'eccitazione nostalgica, e dalla svalutazione d'un'area semi-urbana non più panoramica, ne aveva solo un danno. Dettata da questo stato d'animo, la frase: – Se tutti costruiscono perché non costruiamo anche noi? – che egli aveva buttato lì un giorno conversando con Ampelio in presenza della madre, e l'esclamazione di lei, a mani alzate verso le tempie: – Per carità! Povero il nostro giardino! – erano state il seme di una ormai lunga serie di discussioni, progetti, calcoli, ricerche, trattative. Ed ora, appunto, Quinto faceva ritorno alla sua città natale per intraprendervi una speculazione edilizia.

II

Ma riflettendo da solo, come faceva in treno, le parole della madre gli tornavano nella memoria comunicandogli un ombroso disagio, quasi un rimorso. Era il rimpianto che sua madre vi metteva per una parte di sé, di lei stessa che si perdeva e di cui ella sentiva di non potersi più rifare, l'amarezza che coglie l'età anziana, quando ogni torto generale che in qualche modo viene a toccarci è un torto fatto alla nostra stessa vita che non ne avrà più risarcimento, e ogni cosa buona della vita che va via è la vita stessa a andarsene. E nel proprio modo risentito di reagire, Quinto riconosceva la spietatezza degli ottimisti a ogni costo, il rifiuto d'ammettersi in qualcosa sconfitti dei giovani che credono che sempre la vita ridia altrimenti quello che t'ha tolto, e se ora distrugge un segno caro dei tuoi luoghi, un colore d'ambiente, una civile ma inartistica e perciò difficilmente difendibile e ricordabile bellezza, certo in seguito ti ridarà altre cose, altri beni, altre Molucche o Azzorre, anch'esse periture ma godibili. E purtuttavia sentiva quanto sbagliata è questa spietatezza giovanile, quanto dilapidatrice e foriera di precoce sapore di vecchiezza, e d'altronde anche quanto crudelmente necessaria: tutto insomma sapeva, maledetto lui! anche che in assoluto aveva ragione sua madre che nulla di tutto questo pensava ma solo con naturale preoccupazione lo informava di volta in volta dei soprelevamenti dei vicini.

Ora Quinto, quel che aveva in animo, a sua madre non aveva ancora osato dirlo. Apposta adesso stava andando a ***. Era un'idea soltanto sua, non ne aveva parlato neanche con Ampelio, anzi solo da pochissimo quest'idea gli s'era configurata come una decisione urgente e non come una ipotesi, una possibilità sempre aperta. L'unica cosa stabilita e ormai quasi conclusa – col rassegnato consenso della madre – era la vendita d'un pezzo del giardino. Perché a vendere ormai s'erano trovati costretti.

Era l'epoca cruda delle tasse. Due fortissime ne erano scoppiate tra capo e collo e quasi insieme, dopo la morte del padre, al cui cupo brontolamento e alle cui fin troppo scrupolose sollecitudini erano sempre state affidate queste pratiche. Una era la «patrimoniale straordinaria», una sgarbata, vendicativa tassa decretata dai governi del primo dopoguerra, più severi coi borghesi, e finora procrastinata dalle lente burocrazie per deflagrare adesso, quando meno ce la si aspettava. L'altra era la tassa di successione sull'eredità paterna, un'imposta che pare ragionevole finché è vista dal di fuori ma che quando ce la si sente giungere addosso ha la virtù d'apparire inconcepibile.

A Quinto la preoccupazione di non aver al mondo neanche la decima parte dei quattrini necessari per pagarle, e l'avito rancore contro il fisco degli agricoltori liguri parsimoniosi e antistatali, e poi l'ineliminabile rovello degli onesti d'essere loro soli massacrati dalle imposte «mentre i grossi, si sa, riescono sempre a scapolarsela», e ancora il sospetto che vi sia in quel labirinto di cifre un trabocchetto evitabile ma solo a noi sconosciuto, tutte queste turbe di sentimenti che le pallide bollette delle esattorie suscitano nei cuori dei più verginali contribuenti, si mischiavano con la coscienza d'essere un cattivo proprietario, che non sa far fruttare i propri averi e che in un'epoca di continui avventurosi movimenti di capitali, millantati crediti e giri di cambiali se ne sta mani in mano lasciando svalutare i suoi terreni. Così egli riconosceva che in tanta sproporzionata cattiveria della nazione contro una famiglia priva di redditi agiva con logica luminosa quello che in linguaggio curiale suole chiamarsi «l'intendimento del legislatore»: colpire i capitali improduttivi, e chi non riesce o non ha voglia di farli fruttare ben gli sta.

E poiché la risposta, a chiunque si chiedesse – all'ufficio delle imposte, alla banca, dal notaio –, era una sola: vendere, «Tutti fanno così: per pagare le tasse devono vendere qualcosa», (dove il «tutti» stava evidentemente per «tutti quelli come voi», cioè: vecchie famiglie di proprietari di pezzi d'oliveto improduttivi o di case coi fitti bloccati), Quinto aveva subito fermato il pensiero sul terreno detto «della vaseria».

Era questo terreno «della vaseria» un appezzamento un tempo coltivato ad orto, annesso alla parte più bassa del giardino, dov'era appunto una casetta, un vecchio pollaio, adibito poi a deposito di vasi, terriccio, attrezzi e insetticidi. Quinto lo considerava come un'appendice accessoria della villa, e nemmeno v'era legato da memorie dell'infanzia, perché tutto quel che lui ricordava di quel luogo era scomparso: il pollaio coi pigri passi delle galline, i semenzai di lattuga traforata dalle lumache, i pomodori che allungavano il collo su per le esili canne, lo sgusciare serpentino degli zucchini sotto le foglie dilaganti al suolo, e in mezzo, alti sull'ortaglia, due dolcissimi susini della varietà «Regina Claudia», che dopo una lunga vecchiaia stillante gomma e nereggiante di formiche seccarono e morirono. Quest'orto, la madre, via via sminuito il fabbisogno familiare di verdure (i figli fuori per gli studi e poi per il lavoro, i vecchi a uno a uno mancati e per ultimo il marito ancora instancabile e tonante, dandole a un tratto il senso della casa vuota), la madre era andata invadendolo delle sue piante da giardino, facendone una specie di luogo di

smistamento, di vivaio, e aveva adattato l'ex pollaio a vaseria. Così il terreno aveva rivelato doti d'umidità e d'esposizione specialmente raccomandabili per certe piante rare,
che accolte là provvisoriamente vi s'erano poi stabilite; e
aveva ora un suo disarmonico aspetto, tra agricolo, scientifico e prezioso, e là più che in ogni altro luogo aiolato e
inghiaiato del giardino alla madre piaceva di sostare.

– Vendiamo quello: area fabbricabile, – aveva detto
Quinto.

Al che la madre: – E bravo, e le calceolarie dove le tra-
pianto? Non ho più un posto in tutto il giardino. E i pitto-
spori, che sono già così alti? Per non dire della spalliera di
plumbago, che andrebbe persa... E poi, – e s'arrestò, come
colpita da un timore imprevisto, – e poi, se una volta venduto il terreno, ci volessero costruire? – ed ai suoi occhi si
presentò il grigio muro di cemento che piombava nel verde del giardino trasformandolo in un freddo fondo di cor-
tile, in un pozzo senza luce.

– Certo che ci costruiranno! – s'imbizzì Quinto. – Lo
vendiamo apposta! Se non fosse area fabbricabile, chi lo
comprerebbe?

Ma trovare un costruttore che lo volesse comprare non
fu facile. Le imprese cercavano zone nuove, verso mare,
con la vista libera; quei dintorni erano già troppo fitti di
case e ai biellesi e ai milanesi che volevano l'appartamen-
tino a *** non si poteva mica proporre di rintanarsi in quel
buco. Poi, il mercato edilizio dava segni di saturazione, per
quell'estate si prevedeva già una piccola flessione nelle richieste, due o tre imprese che avevano fatto il passo più
lungo della gamba si trovarono nelle cambiali fino agli
occhi e fallirono. Il prezzo fissato in un primo tempo per
il terreno della vaseria bisognò abbassarlo. Passavano i
mesi, passò un anno, e non s'era trovato ancora il compratore. La banca non voleva più anticipare le rate delle tasse
e minacciava un'ipoteca. Finalmente si presentò Caisotti.

III

Caisotti venne con quello dell'Agenzia Superga. Quinto non c'era e neanche Ampelio. A vedere il terreno li accompagnò la madre. – È un uomo molto rozzo, – disse poi la madre a Quinto, – non sa quasi parlare italiano; ma c'era quel chiacchierone dell'Agenzia che parlava per due –. A Caisotti, mentre si dava da fare con un metro avvolgibile ai margini del terreno, s'impigliò un selvatico di rosa a una manica; se lo fece staccare dalla madre con pazienza spina per spina.

– Non voglio che dica che comincio a portarci via la roba che non mi spetta, – fece, ridendo.

– Eh, ci mancherebbe, – disse la madre. Poi s'accorse che l'uomo aveva un po' di sangue sul viso: – Oh, s'è graffiato?

Caisotti diede un'alzata di spalle; s'intinse un dito di saliva e lo passò sulla guancia, sbavando le gocciole di sangue. – Venga su alla villa che le metto un po' d'alcool, – disse la madre; e così le toccò disinfettarlo, e il piglio di severità che aveva dato al colloquio, sulla cifra che non poteva essere ribassata a nessun patto («comunque, ne devo parlare coi miei figli, le farò avere una risposta»), sulle clausole inderogabili dell'altezza e delle finestre, s'andò un po' ammorbidendo, cedendo al molle andazzo di Caisotti di metter tutto su di un piano conciliante, approssimativo e procrastinatorio.

Intanto quello dell'Agenzia Superga, un omone vestito di bianco, un toscano, non stava mai zitto: – Come le dico, signora professoressa, a me farle concludere un affare con un amico come il signor Caisotti mi dà soddisfazione, creda, perché il Caisotti, lo lasci dire a me che è tanti anni che lo conosco, è uno che ci si può mettere sempre d'accordo, e con la professoressa è certo disposto a venire incontro, e lei vedrà, signora, resterà contenta che meglio di così non potrebbe...

E la madre, con la testa al suo pensiero: – Eh, sì, il meglio di tutto sarebbe non vendere... Ma, come si fa?

Era un uomo della campagna, questo Caisotti, che dopo la guerra s'era messo a fare il costruttore, e aveva sempre tre o quattro cantieri in movimento: comprava un'area, tirava su una casa alta quanto permettevano i regolamenti del Comune, con dentro quanti più appartamentini ci potevano stare, questi appartamentini li vendeva mentr'erano ancora in costruzione, finiva alla bell'e meglio e col ricavato comprava subito altre aree da costruire. Quinto venne subito chiamato da una lettera della madre, per concludere l'affare. Ampelio mandò un telegramma che non poteva venire per via di certi esperimenti, ma che non si scendesse sotto una data cifra. Caisotti non ci scese; a Quinto sembrò stranamente arrendevole; lo disse alla madre, dopo.

E lei: – Ma non hai visto che faccia falsa, che occhi piccoli?

– Falsissima, – disse Quinto. – E con ciò? Perché dovrebbe avere una faccia sincera? Per darcela meglio a intendere? Quella sì, sarebbe una falsità... – S'interruppe, accorgendosi che si stava accalorando con la madre come se la cosa più importante fosse quella faccia.

– Io comunque diffiderei... – disse la madre.

– Certo, – disse Quinto avanzando le mani aperte. – Anch'io. E anche lui, diffida di noi, non lo vedi come si ferma davanti a ogni cosa che diciamo, come la tira in lungo prima di rispondere... – Questa era una cosa che dava soddisfazione a Quinto, peccato che sua madre non l'intendesse, questo rapporto di spontanea reciproca diffidenza che s'era subito istaurato tra il costruttore e loro, un vero rapporto tra gente che bada ai propri interessi, tra gente che sa il fatto suo.

Caisotti era tornato alla villa per definire le trattative, presente Quinto. Era entrato a labbra arricciate, compunto come in chiesa, s'era tolto con un certo ritardo il berrettino cachi a visiera, all'americana. Era un uomo sui quarantacinque anni, di statura piuttosto bassa, ma spesso e largo di spalle, di quelli che in dialetto si dicono «tagliati col piccozzino» intendendo dire con l'accetta. Aveva una camicia a quadri, da cow-boy, che prendeva spicco sul ventre un po' pronunciato. Parlava adagio, con la cadenza piangente, come in un acuto lamento interrogativo, dei paesi delle prealpi liguri.

– E così, come le ho detto già a sua signora mamma, se un passo lo fate voi un passo lo faccio anch'io e ci incontriamo a mezza strada. La mia offerta è quella.

– È troppo bassa, – disse Quinto sebbene già avesse deciso d'accettarla.

La faccia dell'uomo, larga e carnosa, era come fatta di una materia troppo informe per conservare i lineamenti e le espressioni, e questi erano subito portati a sfarsi, a franare, quasi risucchiati non tanto dalle grinze che erano marcate con una certa profondità solo agli angoli degli occhi e della bocca, ma dalla porosità sabbiosa di tutta la superficie del viso. Il naso era corto, quasi camuso, e l'eccessivo spazio lasciato scoperto tra le narici e il labbro superiore dava al viso una accentuazione ora stupida ora brutale, a seconda ch'egli tenesse la bocca aperta o chiusa. Le labbra erano alte intorno al cuore della bocca, e come alonate d'arsura, ma scomparivano del tutto sugli angoli come la bocca si prolungasse in un taglio fino a metà guancia; ne veniva un aspetto di squalo, aiutato dal poco rilievo del mento,

sopra la larga gola. Ma i movimenti più innaturali e fati-
cosi erano quelli che spettavano alle sopracciglia: al sentire per esempio la secca risposta di Quinto: «È troppo bassa», Caisotti fece per raccogliere le chiare e rade sopracciglia
nel mezzo della fronte, ma non riuscì che a sollevare d'un
mezzo centimetro la pelle sopra l'apice del naso rincalzan-
dola in un'instabile ruga circonflessa e quasi ombelicale; tirate su da questa, le corte sopracciglia canine da spioventi
che erano diventarono quasi verticali, tutte tremanti nello
sforzo di star tese, e propagando il loro increspio alle palpebre che s'arricciavano in una frangia di rughine minu-
tissime e vibranti quasi volessero nascondere l'inesistenza
delle ciglia. Così rimase, a occhi semiciechi, con quell'aria
da cane bastonato, e disse lamentosamente: – E allora mi
direte voi cosa devo fare: io vi faccio vedere i preventivi, vi
faccio vedere i prezzi che vanno i locali d'una casa come ci
può venire lì, allo stretto e senza sole, vi faccio vedere tutto,
e mi direte voi quanto ci posso guadagnare o se devo pure
lavorare in perdita: io mi rimetto a quello che direte voi...

Questa parte di vittima remissiva aveva già messo Quinto in soggezione. – Però, – egli disse, conciliante, disposto
all'equità, – il posto è centrale...

– Sì, centrale è centrale... – convenne Caisotti, e Quinto
fu contento che avessero ritrovato un punto d'accordo e
che la ruga sulla fronte dell'impresario si spianasse, am-
mainando le sopracciglia dalla loro posizione innatura-
le. Ma Caisotti continuava sullo stesso tono: – Certo, non
sarà un palazzo tanto bello, – disse, e fece quella che la
madre di Quinto avrebbe poi chiamato «la sua brutta risata», – loro capiscono che una costruzione la posso fare
solo girata in questo senso, – e faceva gesti con le sue braccia tozze, – certo non sarà un palazzo tanto bello, ma lei
mi dice: è centrale, e io le do ragione...

Quella frase del palazzo non tanto bello aveva rimesso
in allarme la madre. – Però noi vorremmo vedere prima il

suo progetto, – disse, – riservarci d'approvarlo. Sa, è una casa che dovremo avere sempre sotto gli occhi...

Quinto aveva avuto un'espressione insieme di fatalismo e di sufficienza, come l'uomo che sa bene che tutto si poteva chiedere a quella futura costruzione tranne d'essere bella, anzi ci si doveva augurare che fosse anonima, squallida, che si confondesse con i più anonimi edifici intorno e marcasse la sua totale estraneità dalla loro villa.

Ma Caisotti faceva l'accondiscendente: – Ma certo, vedranno il progetto. Guardi, è una casa di quattro piani, ne posso fare solo quattro perché c'è la disposizione del Comune, e verrà una casa uguale a tutte le altre case di quattro piani. Ma il progetto, per avere l'approvazione dell'Ufficio Tecnico lo devo pur fare, e una volta che l'ho fatto ve lo porto anche a voi e voi mi direte... – e il suo tono remissivo diventava opprimente, minaccioso, – e io vi porto tutto e vuol dire che mi direte voi... Vi porto anche le cifre di quel che mi viene il lavoro e di quel che ci ricavo, e voi che siete istruiti e ne sapete più di me...

– Non è questione d'essere istruiti, Caisotti, – disse Quinto subito infastidito, suscettibile com'era a tutto ciò che gli ricordava la sua condizione d'intellettuale, – lei sa benissimo fino a che punto può salire con l'offerta come noi sappiamo fino a che punto possiamo scendere...

– E se lei pensa già di scendere, cosa stiamo qui a parlare? – disse Caisotti e rise per conto suo, abbassando e scuotendo il capo (Quinto notò la collottola taurina e come sottoposta a un continuo sforzo), e muovendo in su gli angoli della bocca, ed era squalo, squalo e toro che sbuffa dalle narici, non si sa se in un ghigno o in un contenimento d'ira, ma nello stesso tempo era anche un poveruomo che dice tra sé: «È inutile, tanto lo so che questi vogliono prendermi in giro e dicono una cosa per l'altra e finirò per cascarci...»

Quinto sentì che quella frase dello «scendere» era l'ultima che doveva dire. – Comunque, ci metteremo d'accordo, – fece, ripiegando sulle formule vaghe preferite da Caisotti.

Ma non andava bene neanche ora; perché Caisotti, sempre con quel risolino doloroso d'uomo sottoposto a vessazioni, disse: – Ci metteremo d'accordo, sì, vuol dire che mi direte voi cosa devo fare, perché rimanda rimanda io se non lavoro d'estate quando lavoro? Quando comincia a piovere per me c'è più poco da fare...

La sua faccia, chiusa negli occhi, inespressiva nella bocca aperta, consisteva tutta nelle guance, disarmata. E sulla guancia sinistra, poco sopra i confini della granulosa superficie della barba, quasi sotto l'occhio, Quinto vide il graffio ancora fresco della rosa. Questo particolare pareva insinuare, in quel cotto viso d'uomo maturo, una specie di fragilità infantile, come anche del resto i capelli tagliati corti, quasi rapati sulla testa tutta collottola, e come il tono piagnucoloso della voce e lo stesso modo un po' smarrito di guardare le persone; e Quinto già stava per essere ripreso dal desiderio di mostrarsi buono e protettivo con lui, ma da quell'immagine d'un Caisotti bambino di cinque anni restava escluso l'incombere dello squalo, o dell'enorme crostaceo, del granchio, quale egli appariva con le spesse mani abbandonate sui braccioli della poltroncina. Così, con alterni sentimenti, Quinto procedeva nelle trattative. E sempre più gli era chiaro questo fatto: che a lui quel Caisotti lì, gli piaceva.

IV

– Abbiamo trovato un compratore per il terreno.

– Era ora.

L'avvocato Canal era stato compagno di scuola di Quinto. Piccolo di statura, stava rincantucciato nella grande poltrona dietro la scrivania, col capo insaccato nelle spalle, e il mobile viso gli s'allungava in smorfie annoiate.

– A un costruttore. Venivo a chiederti se sai chi è e se ci si può fidare, se è solvibile.

Da anni, Quinto e Canal non riuscivano a parlarsi. Le rare volte che s'incontravano, non trovavano nulla da dire. Vite una di qua e una di là, città, professioni, politica, tutto diverso se non opposto. Adesso invece aveva un argomento pratico, un rapporto concreto. Era molto contento di questo, Quinto.

– Come si chiama?

– Caisotti.

– Oh! – Canal scattò, smise la posa pigra, puntò le braccia al tavolo. – Hai trovato il buono!

Non era un inizio promettente. Già deciso a difendere l'impresario, Quinto fece una temporanea concessione agli argomenti di sua madre: – Be', che tipo è l'ho capito subito, basta guardarlo in faccia. Però...

– Non è la faccia. È che ogni affare che fa, ogni costruzione che tira su, sono liti. L'ho già avuto avversario in qualche causa. È l'impresario più imbroglione di tutta ***.

A Quinto più ne sentiva dir male più gli piaceva: il bello degli affari – quello che per la prima volta egli credeva d'andare scoprendo – era proprio questo cacciarsi avanti tra gente d'ogni risma, trattare con imbroglioni sapendo che sono imbroglioni e non lasciandosi imbrogliare, magari cercando d'imbrogliarli. Era «il momento economico» che contava, non altro. Però lo prese l'allarme che le informazioni di Canal fossero così cattive da sconsigliare la continuazione delle trattative.

– Vediamo: – disse, – con noi imbrogli non può farne. Se paga il terreno è suo, se non paga no, è semplice. Come sta a soldi?

– Finora gli sono andate tutte bene, – disse l'avvocato. – È sceso a *** dalla montagna coi calzoni rattoppati, mezzo analfabeta, e adesso impianta cantieri dappertutto, maneggia milioni, fa la pioggia e il bel tempo col Comune, coll'Ufficio Tecnico...

Quinto riconobbe l'astio nelle parole di Canal come un accento familiare; era la vecchia borghesia del luogo, conservatrice, onesta, parsimoniosa, paga del poco, senza slanci, senza fantasia, un po' gretta, che da mezzo secolo vedeva intorno cambiamenti cui non riusciva a tener testa, gente nuova e difforme prender campo, e doveva ogni volta recedere dalla propria chiusa opposizione facendo ricorso all'indifferenza, ma sempre a denti stretti. Ma non erano gli stessi sentimenti a muovere anche Quinto? Solo che Quinto reagiva sempre buttandosi dall'altra parte, abbracciando tutto quel che era nuovo, in contrasto, tutto quel che faceva violenza, e anche adesso, lì, a scoprire l'avvento d'una classe nuova del dopoguerra, d'imprenditori improvvisati e senza scrupoli, egli si sentiva preso da qualcosa che somigliava ora a un interesse scientifico («assistiamo a un importante fenomeno sociologico, mio caro...») ora a un contraddittorio compiacimento estetico. La squallida invasione del cemento aveva il volto camuso e informe dell'uomo nuovo Caisotti.

– Quanto offre? – chiese l'avvocato.

Quinto gli raccontò le prime trattative. S'era alzato e guardava dal davanzale. Lo studio dell'avvocato Canal era nella via elegante di ***, ma la finestra dava sull'interno: i tetti, i terrazzi, i muri erano della città marina del secolo passato, chiara di sole e vento; in mezzo crescevano anche lì impalcature, muri tinti di fresco, tetti piatti con in mezzo il casotto dell'ascensore.

– Dato il momento, è un buon prezzo, – bofonchiò Canal, tormentandosi un labbro. – In contanti?

– Parte. E parte in cambiali.

– Ma! Finora cambiali non glie ne hanno protestate, pare... Ora ha terminato una casa, dovrebbe essere in soldi...

– Era quel che volevo sapere. Allora siamo a posto, è un affare.

– Certo, se si trattava d'ordinargli un lavoro, di comprare da lui, t'avrei sconsigliato... Ma qui, vendere a lui o a un altro... Se paga... Bisogna stare attenti al contratto, i limiti d'altezza, le finestre.

L'accompagnò alla porta. – Ti fermi un po' o riparti?

– Ma. Credo che riparto.

– Come va il lavoro... le tue faccende? – Canal cercò di tenere la domanda nel vago, temeva sempre di non essere al corrente, perché Quinto cambiava spesso occupazione, ramo d'attività, campo di studi.

Quinto rispondeva tenendosi ancor più nel vago: – Eh... Ora abbiamo un progetto nuovo, con degli amici... Si vedrà...

– E la politica?

Anche qui era difficile parlare. Erano d'idee diverse e, stimandosi a vicenda, né l'uno né l'altro aveva voglia di discutere. Ma stavolta Quinto disse: – È da un po' che non me ne occupo...

– Già, ho sentito dire...

Quinto l'interruppe: – E qui? La politica? Il comune?

Canal era socialdemocratico, consigliere comunale.

– Mah, solite storie...

– Stai bene? tua moglie?

– Sì, tutti bene. Tu, sempre scapolo? Niente in vista? Ah, ah. Be', dimmi qualcosa quando hai parlato con Bardissone.

Quinto uscì innervosito dalle ultime battute del dialogo col vecchio amico. Per andare dal notaio doveva percorrere un tratto della via principale, che di solito, per una sua confusa remora, evitava. Nei suoi ritorni a *** sceglieva sempre itinerari mezzo in campagna o lungo la marina, dove c'erano da riscoprire sensazioni d'una memoria più sedimentata, marginale o minore. In città no, tutto era brutto, la memoria era un tritume di fatti quotidiani. Poi non sapeva mai chi salutare e chi no: a un certo punto della sua giovinezza aveva rotto con tutti, s'era iscritto al partito comunista, s'era fatto tutti nemici; e quelli che aveva avuto allora compagni, peggio, gli pareva che adesso dovessero avercela con lui ancor più degli altri. Ora neppure la nostalgia per il vecchio mondo che sparisce agiva in lui; vista da quei marciapiedi la città era uguale a sempre, strazientemente uguale, e quel che c'era di nuovo – facce, gioventù, negozi – non contava nulla, il tempo dell'adolescenza pareva sgradevolmente vicino. Cosa gli era preso, di riattaccarsi a ***? Quinto adesso voleva solo sbrigare in fretta quelle pratiche e partire. Decisamente, stare a *** lo riempiva di fastidio.

Fermo sulla bicicletta appoggiata al marciapiede c'era uno che a Quinto pareva di conoscere. Era un vecchio magro, in maglietta, le braccia abbronzate puntate sul manubrio, un falegname, ricordò Quinto, un compagno, che doveva esser stato pure membro del direttivo, quando c'era anche Quinto.

Parlava con un altro. Quinto passò pensando che forse non l'avrebbe riconosciuto, ma non voltò lo sguardo perché non voleva aver l'aria di non volerlo salutare. Invece il falegname lo guardò, disse all'altro: – Ma è Anfossi! – e lo salutò con l'aria di rallegrarsi a rivederlo. Quinto rispose anche lui con un segno di saluto e di rallegramento, ma continuando la sua strada. Il falegname però gli tese la mano e disse: – Come va, Anfossi? Che piacere rivederti! Sei tornato un po' tra noi?

Si strinsero la mano. Il vecchio falegname aveva una faccia che a Quinto era sempre stata simpatica, un po' da gufo, con gli occhiali di tartaruga, i capelli bianchi tagliati a spazzola, e gli piaceva anche la sua voce, il suo accento largo (doveva essere un romagnolo, o un lombardo, stabilito qua da anni) e la sua stretta di mano, forte e soffice. Ma Quinto ora avrebbe voluto trovarlo sgradevole, il riconoscere la simpatia umana del falegname non entrava nella sua disposizione d'animo – quella che gli faceva provar simpatia per Caisotti –, e poi, comunque, non aveva voglia di fermarsi. Soprattutto quando il vecchio (Quinto non si ricordava come si chiamasse, e anche questo lo innervosiva perché gli pareva di non potergli rispondere a tono senza chiamarlo per nome) attaccò a dire: – Oh, noi ti seguiamo, non credere, t'abbiamo letto sulla stampa nazionale, eh? è vero? – fece, rivolto all'altro, – sulla stampa nazionale!

«Non sanno che non sono più...» pensava Quinto, e cercò di dire, stringendosi nelle spalle: – Ma, sapete, ormai, non collaboro più, è già un pezzo che... – ma il falegname non raccoglieva quell'avvio di spiegazione, insisteva – E no, no, son belle affermazioni, perbacco! – e Quinto non osava dire altro.

– Lui te lo ricordi? – disse il falegname indicando l'altro uomo, del tutto sconosciuto a Quinto.

– Ah, già, come va? – fece Quinto.

– Ma il compagno Martini, non ricordi? – insisteva il falegname, come se Quinto avesse confessato di non riconoscerlo. – Il compagno Martini della Sezione di Santo Stefano!

– Ci sei venuto a fare una riunione in Sezione, per spiegarci l'amnistia, ancora nel '46! – disse Martini.

– Ah, ecco! – disse Quinto che non ricordava nessuna riunione del genere.

– Mah, quelli erano tempi che si sperava, si sperava, – disse il Martini. – Ti ricordi, Masera?

Quinto fu molto sollevato a sentirsi ricordare che il falegname si chiamava Masera, e come se la fine della ricerca del nome nella sua memoria corrispondesse alla fine della sua cattiva coscienza, riuscì finalmente a guardare Masera con simpatia. Ora ricordava una sera di vento in cui pedalavano insieme in una via sul mare ancora ogni tanto interrotta da crolli di buche (la bicicletta di Masera era come quella d'adesso, scassata, rugginosa), andando a una riunione: ed era un bel ricordo, pieno di nostalgia.

– Eh, si sperava, si sperava allora... – fece eco Masera, ma come aspettandosi quello che facendo il pessimista ci s'aspetta da un compagno più autorevole e preparato, cioè che dica «E si spera anche adesso, più di prima, si lotta...» Invece Quinto non diceva niente e Masera fu costretto a dire lui: – E anche adesso si continua a sperare, eh, Anfossi?

– Eh! – fece Quinto allargando le braccia.

– Qui è dura, sai! E là da voi? Con tutti quei licenziamenti, 'ste canaglie... cosa dicono i compagni, gli operai?

– Eh, è dura, anche lì è dura... – disse Quinto.

– Mah, è dura dappertutto! – e Masera rise, come consolato dalla solidarietà nei tempi avversari.

– Digli... – suggerì Martini a Masera sottovoce, e Quinto afferrò solo la parola: – conferenza.

Masera sorrise con un moto del capo d'intesa e insieme

dubitativo, come se già ci avesse pensato ma non sperasse di riuscirci, e fece, rivolto a Quinto: – Tu sei sempre quello che non vuol parlare in pubblico? O sei diventato un oratore, finalmente? Perché, visto che sei qui, ti dicevamo se venivi una sera su in sezione a farci una conferenza... I compagni sarebbero contenti, sai.

– No, sapete, riparto subito, devo ripartire, e poi, io non son buono a parlare, tu lo sai, Masera...

Masera rise, gli diede una manata su una spalla. – Sei sempre lo stesso! Neh, che non è cambiato per niente? – chiese a quello sconosciuto Martini, che assentì. Erano brava gente, amica, senza diffidenza; ma Quinto non aveva nessun desiderio di sentirsi tra amici, al contrario, il vero senso dei tempi era nello stare sul chi vive, con la pistola puntata, come – appunto – tra uomini d'affari, proprietari avveduti, imprenditori.

Paragonò Caisotti, guardingo, reticente, infido, a Masera fiducioso, espansivo, pronto sempre a trovar conferme al suo ideale: certo, era Caisotti a vivere la realtà dei tempi, ed anche, in certo modo, a patirla, ad accettarne il peso, là dove Masera le sfuggiva, pretendeva di serbarsi franco, leale, puro di cuore, in un mondo che era tutto il contrario. Quinto respingeva la cattiva coscienza che l'invadeva di fronte al semplice senso del dovere sociale di Masera; anche gettarsi in un'iniziativa economica, maneggiare terreni e denari era un dovere, un dovere magari meno epico, più prosaico, un dovere borghese; e lui Quinto era appunto un borghese, come gli era potuto venire in mente d'essere altro?

Ora che gli era tornata questa sicurezza sulla sua natura di borghese, il suo disagio verso i due operai s'attenuò, lasciò il posto a una cordialità generica e quasi disinvolta. Che non era neppure del tutto insincera, perché adesso che stava accomiatandosi, era contento che conservassero di lui un buon ricordo.

VI

Le informazioni su Caisotti erano negative dappertutto: dal notaio Bardissone, dall'ingegner Travaglia. Quinto adesso si sentiva solidale con Caisotti come con una vittima: tutta la città voleva schiacciarlo, tutti i benpensanti s'erano coalizzati contro di lui, e quel muratore montanaro, armato solo della sua natura rozza e sfuggente, resisteva.

Ma bisogna dire che queste informazioni negative erano pur sempre tali da lasciar Quinto padrone di decidere in senso positivo. In fondo nessuno lo sconsigliava del tutto di far l'affare; e Quinto, cui sempre piaceva fare cose in qualche misura contrastanti con l'opinione altrui, ma che d'altronde non si sarebbe azzardato a prendere una risoluzione recisamente disapprovata dai più, si trovava nella condizione ideale per far quel che voleva con quel tanto di dissenso e quel tanto d'approvazione che gli servivano.

Poi gli piaceva – anche perché doveva sempre vincere un disagio iniziale – entrare in contatto professionale coi suoi concittadini. Anche con Luigi Bardissone che era suo cugino in terzo grado, ma che quasi lui non conosceva. Luigi era più vecchio di lui di cinque o sei anni; quando Quinto era entrato al ginnasio, la fama d'allievo modello del cugino incombeva dall'alto delle classi liceali; e, come talora succede, un divario non forte d'età era bastato a segnare una separazione incolmabile. Luigi era delle leve cui toccò di passare più anni sotto le armi; era tornato a *** dopo la guerra, a riaprire lo studio che i notai Bardissone si tramandavano da generazioni.

Lo studio era antico, agiato, in penombra per le persiane abbassate; due ritratti del Settecento, uomo e donna, imparruccati, ne accentuavano la dignità. Luigi era uomo di chiesa, ed anche adesso che era un maturo padre di famiglia, un po' pingue, aveva ancora quell'aria di scolaro studioso e testardo che conservano talora – nel parlare e nel taglio dei capelli – i preti e i laici di famiglia borghese cattolica. Con Quinto si trattavano con una cortesia quasi deferente, che cercava di mascherare la mancanza di confidenza e la disparità d'opinioni; Bardissone, di fronte al cugino estremista, voleva ostentare larghezza di vedute, comprensione, spregiudicatezza; faceva discorsi «di sinistra» con la tranquillità di coscienza dell'uomo d'ordine; Quinto invece, sempre in contraddizione con se stesso, si compiaceva di mostrarsi al cugino uno come gli altri, di fare i discorsi più normali e pieni di buon senso che poteva.

Quel giorno Luigi, chissà perché, attaccò a parlare della Russia. C'era stato in guerra, sul Donetz. – Eh, la Russia, la Russia... Mi piacerebbe tornarci ora, farci un viaggio... In tempo di guerra, sai, è un'altra cosa... Vedere adesso, m'interesserebbe, i progressi che han fatto, perché certo, progressi ne hanno fatti, altro che storie! Dài, Quinto, perché non mi fai fare un viaggio in Russia? Tu puoi, tu conosci... Oh, la popolazione era buonissima, proprio una buona popolazione...

– Ma, sai, io non ho mica... bisognerebbe rivolgersi... – Quinto, subito innervosito, cercava di tagliar corto. Riuscì a dire perché era venuto, raccontò del contratto. – ... e l'acquirente sarebbe l'impresario Caisotti... – concluse.

Il volto del notaio s'abbuiò un poco. Strinse le labbra. – Già... conosco... conosco... Così, non avete trovato nessun altro... Già, eh sì, è parecchio che volevate vendere, mi ricordo, tua mamma me ne parlava già l'anno scorso... anch'io m'ero interessato... purtroppo non s'è trovato nessuno...

– Perché, questo Caisotti...?

– Caisotti, cosa vuoi, Quinto, tu non sei nel giro, ce n'è tanti come lui, in fondo non è né peggio né meglio degli altri, noi poveri notari siamo sempre qui in mezzo... – Un giudizio drasticamente negativo, prima d'uscire dalle labbra di Bardissone, doveva fare i conti con la sua abitudine di pesare bene le parole, e più ancora con la sua tendenza al possibilismo, a lasciar aperte le questioni. – L'uomo è, come dire...

– Infido?

– Infido... L'uomo è infido... L'uomo è infido... – e ogni volta che ripeteva la parola «infido», quasi per saggiarne il suono ai suoi orecchi, il notaio cercava di sminuirne la gravità, di convincersi che se doveva pur definirlo infido, però l'essere infido non era poi una caratteristica così negativa. – Io, in linea generale vi sconsiglierei... però, sebbene infido, è pur sempre...

– Solvibile?

– Solvibile. Io stesso ho trattato un affare con lui, or è poco, d'un mio cliente, un affare che gli renderà parecchio. Solvibile. Un po' carico, magari, oggi come oggi: ha messo parecchia carne al fuoco... Ma appunto, c'è di che cautelarsi.

– Pagare pagherà, no?

– Oh, lo facciamo pagare, sta' tranquillo! Oh, siamo qui per questo! Oh! – e il notaio si lasciò riprendere da una espressione di letizia, come se l'essersi raffigurato per un momento Caisotti come un'incarnazione del male rendesse più trionfale ora la certezza d'una vittoria su qualsiasi sua possibile intenzione malvagia.

Quinto era doppiamente contento: si risentiva parte della vecchia borghesia del suo paese, solidale nella difesa dei modesti interessi insidiati, e nello stesso tempo capiva che ogni sua mossa non faceva che favorire l'ascesa dei Caisotti, un'equivoca e antiestetica borghesia di nuovo conio, come antiestetico e amorale era il vero volto dei tempi. «È così, è così, – s'accaniva a pensare Quinto, – non ne avete azzeccata neanche una!» – e la sua tensione polemica s'era adesso spostata dalla piccola società di ***, da sua madre, da Canal, da Bardissone (e anche dal falegname Masera): ora ce l'aveva coi suoi amici delle grandi città del Nord in cui era vissuto per tutti quegli anni, anni passati a far progetti sulla società futura, sugli operai e gli intellettuali... «Ha vinto Caisotti.»

VII

Non vedeva l'ora di manifestare il suo stato d'animo proprio a quegli amici. Partì. L'indomani era a T., pranzava nel solito ristorante economico con Bensi e con Cerveteri.

Parlavano di fondare una rivista intitolata «Il Nuovo Hegel». La cameriera aspettava l'ordinazione della pietanza; era già la terza volta che veniva ma i tre erano troppo infervorati nei loro discorsi per darle retta.

Bensi guardò la carta, lesse l'elenco delle pietanze ma nessuna dovette colpirgli l'immaginazione, perché disse:

– E perché non «La Sinistra Hegeliana»?

– «Il Giovane Marx», allora. È più polemico.

– Vogliono ordinare? – insisteva la cameriera.

– Io direi «La Nuova Gazzetta Renana». Tale e quale. «Renana», sissignore, «Renana».

– Magari si potrebbe cercare proprio la vera testata della «Neue Rheinische Zeitung» e usare gli stessi caratteri... – disse Quinto, le cui osservazioni erano sempre marginali, ma improntate a disinvoltura e competenza. Non aveva ancora trovato il modo di manifestare il suo dissenso dai due amici, sebbene proprio con quel proposito si fosse accinto a incontrarli.

– Insomma: è «Enciclopedia», il titolo, – disse Bensi, cambiando tono, come se fino a quel momento avessero scherza-

to e quindi la proposta di Quinto fosse del tutto fuori luogo,
– o il sottotitolo, comunque bisogna fin dalla testata far capire che tendiamo a una fenomenologia generale che faccia rientrare ogni forma di coscienza in un unico discorso.

Su quel punto scoppiò il dissenso tra Bensi e Cerveteri, e Quinto non sapeva bene da che parte stare. Dato che
tutto rientrava in un unico discorso, la rivista doveva ac-
cogliere solo ciò che era inglobato in quel discorso generale, o pure quello che ancora ne era fuori? Cerveteri era
per tutto quello che restava fuori: – Io ci metterei una rubrica di sogni di uomini politici. Invitiamo i vari uomini
politici a raccontare i loro sogni. Chi si rifiuta ha qualcosa da nascondere.

Bensi fu preso da una delle sue risate nervose, abbassando il viso fin quasi sulla tovaglia e portandosi una mano
sugli occhi, come a esprimere il suo doloroso divertimento al vedere l'interlocutore perdersi in un labirinto di cui
egli solo, Bensi, conosceva l'uscita. – Dall'ideologia al sogno dobbiamo procedere, non dal sogno all'ideologia, – e,
come preso da un assalto di cattiveria, aggiunse: – L'ideologia infilza tutti i tuoi sogni come farfalle trafitte da spilli...

Cerveteri lo guardò sbigottito: – Farfalle? Perché hai
detto: farfalle?

Bensi era un filosofo, Cerveteri un poeta. Cerveteri, pre-
cocemente grigio di capelli, aveva una lunga faccia oc-
chialuta in cui s'elidevano malinconici lineamenti israeli-
ti con tratti fiorentini sia dotti che plebei, e ne veniva una
fisionomia tra aggressiva e concentrata, ma in fondo inespressiva, un po' come un ciclista, o come uno che cerca
di far mente locale su un punto che si trovi all'interno di
tutti gli altri punti su cui si può far mente locale. – Perché
hai detto: farfalle? Io ho sognato una farfalla, stanotte. Una
farfalla notturna. Mi portavano da mangiare una grande
farfalla notturna, su un piatto, qui a questo ristorante! –
e fece un gesto come d'alzare dal piatto un'ala di farfalla.

– Uh, mamma mia! – disse la camerierina, che era venuta a prendere l'ordinazione della frutta, e scappò.

Bensi rise con un'accentuata amarezza, come stanco che
gli avversari si dessero completamente disarmati nelle sue
mani. – Ogni simbolo onirico è una reificazione, – disse.
– Ecco quel che Freud non poteva sapere.

Quinto ammirava molto sia l'uno che l'altro per l'intelli-
genza sempre accesa (il suo cervello invece tendeva spesso
a cadere in un'indifferente sonnolenza), ed era in soggezione di fronte alla vastità delle loro cognizioni e letture.
Indeciso su qual partito prendere nella discussione tra loro,
di cui solo vagamente individuava i termini, scelse come
suo solito il partito che pareva andare contro le sue più
spontanee inclinazioni, cioè la rigida meccanica filosofica
di Bensi, contro l'attrazione per le sensazioni impalpabili di Cerveteri. E disse a Bensi, ironicamente, ghignando
verso il poeta: – Allora perché non intitolarlo addirittura
«Il Giovane Freud»?

Il filosofo continuò a ridere della sua risata di prima con
Cerveteri, e a Quinto rivolse solo un cenno della mano
quasi a scacciare la sua battuta come una mosca. Invece la
battuta era piaciuta a Cerveteri che la riprese con anima-
zione: – Davvero, davvero, io la intitolerei «Eros e Thanatos», altroché! «Eros e Thanatos»!

Bensi congiunse le mani e le strinse fino a farle scric-
chiolare, mentre il viso gli si contraeva in una risata a denti
serrati, imporporandosi. – E credi che siano quelli a mettere in scacco la Storia! Non c'è Eros né Thanatos da cui
non salti fuori la dialettica come un diavolino, facendo
cucù, – e giù a ridere.

Aveva una faccia tonda e angelica, Bensi, come quei mon-
tanari che non divengono mai del tutto adulti; la fronte
era fortemente convessa, sotto l'onda infantile dei capelli
ricci, e tesa che pareva scoppiasse – anzi, su di essa apparivano talora piccole scalfitture, graffi, bernoccoli, quasi

la forza del pensiero la facesse battere dappertutto –, e la portava avanti, questa fronte, a testa inclinata, come fosse una mola che macinava macinava, o una ruota dentata che metteva in movimento complicati ingranaggi, spinta da una forza motrice non ben incanalata e ammortizzata, che si disperdeva in mille vibrazioni secondarie, come nel tremito continuo delle labbra. Nella discussione lo sguardo di Quinto passava alternativamente dagli occhi di Bensi a quelli di Cerveteri. Erano entrambi strabici, ma il filosofo era strabico all'infuori, con un occhio che pareva volare dietro le idee nel momento in cui esse stavano per sfuggire dal campo visivo umano, nella prospettiva più obliqua e meno riconoscibile; il poeta invece era strabico all'indentro, le pupille vicine e inquiete che parevano preoccupate, ad ogni sensazione esterna, di verificare quel che essa produceva nella zona più segreta e interiore.

– Faremo un'antologia di annunci mortuari, – disse Cerveteri, – una rubrica fissa, in ogni numero, oppure un numero tutto di annunci mortuari, dal principio alla fine, – e faceva scorrere il dito sul giornale ripiegato che aveva in mano, sulla colonna zebrata di sbarre nere degli avvisi funebri.

Bensi scrollava le spalle. – Siamo alla vigilia di racchiudere la coscienza universale in un cervello elettronico.

Cerveteri rispose con una lunga citazione latina.

– Sant'Agostino?

– Lattanzio.

Quinto s'era distratto: tendeva l'orecchio a quel che dicevano nei tavolini vicini. A destra sedeva una famiglia, o persone di due famiglie diverse, di campagna, che s'incontravano in città. Era una donna che parlava: sul danno delle piogge alle semine dei prati da foraggio. Doveva essere una proprietaria, donna non più giovane ma nubile; gli uomini annuivano alle sue parole, con le facce vinose già sonnolente dopo il pasto. Forse era un incontro tra agricoltori di paesi diversi per pattuire un matrimonio; la fidanzata, davanti alla famiglia di lui, ci teneva a farsi vedere competente, e quasi a soverchiare le altre donne dimostrandosi ben più d'una semplice massaia. Quinto fu preso da un'acuta invidia per tutto ciò che sentiva muovere tra le persone di quel tavolo: senso degli interessi, attaccamento alle cose, passioni concrete e non volgari, desiderio d'un meglio non solo materiale, e insieme un peso placido e un po' greve di natura. «Un tempo solo chi godeva d'una rendita agricola poteva fare l'intellettuale, – pensò Quinto. – La cultura paga ben caro l'essersi liberata da una base economica. Prima viveva sul privilegio, però aveva radici solide. Ora gli intellettuali non sono borghesi e non sono proletari. Del resto, anche Masera non è buono a chiedermi che una conferenza.»

A un altro tavolo, una cameriera faceva la civetta con due che scherzavano, due con la cravatta a farfalla, lunghi di mano. In mezzo ai frizzi rivolti a lei, si lanciavano battute tra loro, frasi di «punti», di «riporti», «Italgas», «Finelettrica». Dovevano essere operatori di borsa, gente svelta. In un altro momento Quinto li avrebbe trovati distanti e detestabili, ma adesso, nello stato d'animo in cui era, gli pareva che anche quelli incarnassero il suo ideale: praticità, astuzia, veloce funzionalità di pensieri. «Se uno non svolge un'attività economica non è uomo che vale. I proletari hanno pur sempre la lotta sindacale. Noi invece stacchiamo le prospettive storiche dagli interessi, e così perdiamo ogni sapore della vita, ci disfiamo, non significhiamo più nulla.»

Cerveteri aveva ripreso a raccontare quel suo sogno: – Era una farfalla notturna, con grandi ali dai disegni grigi, minuti, marezzati, ondulati, come la riproduzione in nero d'un Kandinsky, no: d'un Klee; e io cercavo di sollevare con la forchetta queste ali che grondavano una polverina sottile, una specie di cipria grigia, e mi si sbriciolavano tra le dita. Facevo per portare alla bocca i frammenti d'ala, ma tra le labbra diventavano una specie di cenere che invadeva tutto, che copriva i piatti, si depositava nel vino dei bicchieri...

«La mia superiorità su di loro, – pensava Quinto, – è che io ho ancora l'istinto del borghese, che loro hanno perduto nel logorio delle dinastie intellettuali. M'attaccherò a quello e mi salverò, mentre loro andranno in briciole. Devo avere un'attività economica, non basta che io venda il terreno a Caisotti, devo mettermi a costruire anch'io, coi soldi che ci darà Caisotti farò un'altra casa vicino alla sua...» Concentrò il pensiero sulle possibilità edilizie che offriva ancora il terreno, sulle combinazioni possibili...

Le mani di Cerveteri si muovevano sospese sulla tovaglia ingombra di briciole, molliche, cenere di sigaretta e mozziconi schiacciati nei piatti e nel portacenere, bucce di arancio tormentate dalle unghie di Bensi in piccoli tagli a forma di mezzaluna, fiammiferi Minerva tutti smembrati, divisi in sottili filamenti dalle dita di Cerveteri, stecchini tutti contorti a zig-zag o a greca dalle mani e dai denti di Quinto.

«Devo mettermi socio con Caisotti, fare una speculazione con lui.»

VIII

Quinto aveva un piano. Aveva pensato alla «fascia dei miosotis», cioè al pezzo di giardino immediatamente sovrastante il terreno in vendita, così chiamato perché aveva al centro un'aiola di nontiscordardimé. Era una fascia pianeggiante, di superficie pressapoco uguale al «terreno della vaseria»: anche lì si poteva costruire benissimo una palazzina con tre o quattro appartamenti. Ma – gli venne in mente – una volta costruito l'edificio Caisotti, la «fascia dei miosotis» avrebbe perso ogni valore d'area fabbricabile: la legge vietava di costruire le case una addosso all'altra. «È chiaro che qualsiasi pezzo di terreno vendiamo, svalutiamo il pezzo immediatamente vicino. Per non rimetterci non c'è che un mezzo: costruire noi insieme a Caisotti... Cedere a Caisotti l'intera area "della vaseria" e "dei miosotis" per costruire un unico grande stabile... e chiedere in pagamento un certo numero d'appartamenti che resteranno di nostra proprietà. Bisognerà parlarne subito ad Ampelio.»

Quinto e suo fratello abitavano in città diverse. S'incontravano di rado, nella casa materna di ***. Ora s'erano dati convegno là per concordare la vendita del terreno.

– Ho un piano, – disse Quinto al fratello. Ampelio era appena arrivato. Venendo dalla stazione alla villa era passato dal mercato del pesce e aveva comprato due etti di patelle. A casa aveva abbracciato la madre in fretta e aveva detto che aveva comprato le patelle. Era da sei mesi lontano da casa, faceva l'assistente universitario, in chimica, guadagnava pochissimo, ma non veniva quasi mai a trovare la madre, neanche durante le vacanze. Un tempo Ampelio era molto più legato a *** di Quinto; adesso non si faceva più vedere, pareva aver perso ogni piacere dei suoi posti, della vita di prima, e non si sapeva di nulla che ora gli piacesse, se non da minime manifestazioni improvvise come questa delle patelle, che chissà poi se erano del tutto sincere.

Quinto cominciò a informarlo delle trattative con Caisotti. Ampelio passò in cucina e Quinto gli andava dietro, parlando. Ampelio svolse il cartoccio delle patelle, prese un limone, un coltello, aprendo sportelli e cassetti della credenza con gesti sicuri, come chi ha lasciato ogni cosa al suo posto il giorno prima. Tagliò il limone, ne spruzzò le patelle senza toglierle dalla carta della pescheria, fece segno a Quinto se ne voleva. Quinto si schermì vivamente – a lui i frutti di mare non piacevano – e continuò a parlare.

Ampelio non diceva niente né dava il minimo segno d'assenso o di diniego. Quinto ogni tanto s'interrompeva credendo che non lo ascoltasse. – E allora? – diceva il fratello, e Quinto riprendeva come niente fosse, perché quel modo di fare di Ampelio era sempre lo stesso, da quando erano ragazzi. Solo che a quei tempi Quinto ci si arrabbiava, perché era il fratello maggiore; poi ci aveva fatto l'abitudine. Ampelio s'era seduto al tavolo incerato della cucina senza togliersi il soprabito e la sciarpa che portava malgrado la primavera avanzata. Aveva una barbetta nera, gli occhiali spessi che non lasciavano vedere gli occhi, e una precoce calvizie. Quinto lo vedeva scalzare i molluschi con la punta del coltello, con l'altra mano sollevare i gusci barbuti d'alghe fino alla bocca, e il molle corpo della patella scomparire tra le sue labbra incorniciate dalla barbetta nera, con un rumore che non si capiva se aspirasse o soffiasse; poi posava i gusci vuoti uno sull'altro, in una pila.

Quinto aveva srotolato una mappa. Ampelio vi gettò un'occhiata di sfuggita, masticando. A Quinto, la bocca del fratello, nel pelo della barba, sembrava un riccio di mare rovesciato, che si muoveva tra il nero delle spine. Aveva raccontato le cose al punto in cui erano: le trattative, le informazioni sull'impresario. Poi disse, indicando sulla mappa: – Ora stammi a sentire: una costruzione sull'area a preclude ogni eventualità di vendita o di costruzione sull'area b. Quindi noi, vendendo a Caisotti l'area a per il suo valore di terreno fabbricabile x, priviamo il terreno b del suo valore d'area fabbricabile y. Dunque, per il prezzo x noi ci alieniamo del valore $x + y$. Ossia, ora possediamo $a + b$; venduto a potremo disporre solo di $b–y$.

Questo discorso algebrico, Quinto lo mulinava in testa da parecchi giorni, proprio per farlo a suo fratello, scienziato.

Ampelio s'alzò, andò all'acquaio, bevve alla cannella, si sciacquò la bocca, sputò, e diceva, tutto di seguito: – È chiaro che dobbiamo usare il terreno della vaseria come un capitale da investire in una nostra costruzione sul terreno dei miosotis. E siccome non è permesso che sorgano due palazzi così vicini, bisognerà progettare un solo grande edificio che sorga sui due appezzamenti della vaseria e dei miosotis e che Caisotti costruirà metà per sé e metà per noi.

Proprio attorno a questo piano, come ad un aggrovigliato intrigo, s'arrovellava Quinto, ed ora, a sentirlo enunciare da Ampelio tutto d'un fiato, come una conseguenza del tutto naturale, non sapeva più che dire. Ampelio si mise a riempire di calcoli i margini della mappa. Ogni tanto chiedeva dei dati a Quinto, che non sapeva mai dare risposte precise. Qual era il limite d'altezza fissato dal Comune? Quanti appartamenti voleva farci stare Caisotti? Quanto costava il cemento? Quinto capiva che di preventivi edilizi suo fratello doveva intendersene quanto lui, però Ampelio avventava cifre sulla carta con una decisione che Quinto molto gli invidiava.

– Calcoliamo otto appartamenti, più due magazzini a pianterreno... – fece il calcolo degli affitti annuali, degli anni in cui avrebbero ammortizzato il capitale...

– Ma i soldi che ci servono subito per le tasse?

– Facciamo un mutuo sulla casa da costruire.

– Ahaha! – Quinto scoppiò in un gridolino da demente. Ampelio non si scomponeva mai, invece; non rideva, e mai una ruga sfiorava la fronte stempiata. Ma per lui tutto era sempre possibile.

S'avvicinava la madre. – Avete fatto i conti, ragazzi? Tornano?

– Perfettamente, perfettamente. Però... però noi ci perdiamo lo stesso.

– Ah, quel Caisotti, con quell'aria da impostore...

– Poveretto, lui non c'entra. Non è colpa sua, ma noi ci perdiamo comunque.

– Allora non è meglio lasciar perdere? Ma sì, diciamogli che abbiamo cambiato idea, che per ora non vendiamo. Per le tasse, chiediamo ancora alla banca...

– No, no, mamma, guarda. Dicevamo che bisogna proporre a Caisotti un affare più complicato.

– Per carità!

– Eh sì, molto complicato. Verremo a guadagnarci molto, in seguito.

Quinto si chinava a parlarle gesticolando, nervoso e polemico, nello stesso tempo cercando di convincere e di provocare la discussione. Ampelio era accanto a lui, alto e grave, la barbetta nera protesa avanti, e pareva un magistrato che deve solo comunicare una sentenza.

– Mamma, là dove sono quelle aiole di miosotis...

IX

Uscirono insieme, Quinto e Ampelio. Camminavano in fretta, discutendo, per le note vie, come non succedeva loro da anni, e pareva loro d'esserci sempre rimasti, d'essere due fratelli del luogo molto indaffarati, inseriti nella vita economica della città, con tutta una rete d'interessi che faceva capo a loro, gente pratica, brusca, che bada al sodo. Stavano recitando e lo sapevano: erano tutt'altre persone da quelle che pareva loro d'essere in quel momento; prima di sera sarebbero ripiombati in una scettica abulia e sarebbero ripartiti, a richiudersi l'uno nel suo laboratorio l'altro nelle polemiche degli intellettuali, come le uniche cose al mondo che contassero. Eppure in quel momento sembrava loro possibile anche essere così, e che sarebbe stato molto bello, sarebbero stati due fratelli uniti e solidali, e tante cose difficili sarebbero state facili, e avrebbero fatto grandi cose, non sapevano bene quali. Per esempio, adesso andavano a cercare Caisotti per porgli il problema, per tastare il terreno, per fare un sondaggio, per chiedergli non sapevano ancora bene cosa, insomma: non c'era da fare le cose tanto complicate, adesso sentivano un po' Caisotti poi avrebbero deciso sul da farsi.

Caisotti non aveva telefono. Aveva un ufficio, a un mezzanino, «Impresa edile Caisotti Pietro». I fratelli suonarono.

Aperse una ragazza, c'era una stanzetta bassa, con una macchina da scrivere, dei progetti su un tavolo. Caisotti non c'era; era sempre in giro, nei cantieri; in ufficio era difficile trovarlo.

– Quando torna?

– Mah!

– Dove possiamo trovarlo?

– Provino al caffè Melina, là di fronte, ma ora è presto.

– Avremmo da parlargli subito.

– Mah. Se volete lasciar detto a me...

– Mah mah mah. La signorina Mah –. Questa battuta era di Ampelio, e Quinto si stupì di quel tono sarcastico e confidenziale, che suo fratello in famiglia non usava mai. Alzò gli occhi sulla ragazza: era bella.

Era una giovinetta sui sedici anni, dall'aria campagnola, sangue e latte, le guance di pesca d'un rosa violento, gli occhi neri dalle forti ciglia, e due soffici trecce nere che le pendevano sul petto rilevato. – Ah, loro sono gli Anfossi, – disse. «Un tipo di furba, falsa come il diavolo, – pensò Quinto, – con quel naso in su, quell'aria da santarellina...»

Ampelio, dopo la sua battuta che avrebbe lasciato credere a una sua imprevista intenzione d'intavolare una conversazione briosa, ripiombò nel suo solito tono secco, come già si fosse buttato via troppo. Chiese dei cantieri dove potevano trovare Caisotti, salutò, si girò per la stretta scala, scese, e per ultimo ebbe ancora un inaspettato lampo di frivolezza, cioè disse: – Bai bai.

Quinto, voltandosi nella scaletta, vide che la ragazza non aveva ancora chiuso l'uscio e guardava tra le ciglia con uno strano sorriso. Gli parve che dietro quel viso di forosetta, da quegli occhi che non si vedevano, lo raggiungesse lo sguardo indecifrabile dell'impresario.

Provò a parlarne per strada col fratello. – Mica male, la bambina.

– Mmm, – fece Ampelio, come volesse evitare un discorso sconveniente.

Andarono a uno dei posti che la ragazza aveva indicato, dove l'impresa costruiva una casa, anzi, innalzava una preesistente casetta a due piani, in una via centrale, colmando il vuoto in mezzo a due palazzi.

Entrarono. C'era ingombro di mucchi di cemento, ma nessun uomo al lavoro. Le scale non c'erano ancora, i fratelli salirono per tavole oblique. – Ehi! C'è nessuno? Caisotti! Caisotti Pietro! *A n'u gh'è u bacàn?* Non c'è il padrone? – Tra i nudi muri nuovi batteva l'eco.

Al secondo piano c'erano due manovali accoccolati che martellavano sugli scalpelli, con l'aria d'un lavoro inutile. I fratelli smisero subito di gridare e chiesero, quasi a bassa voce: – C'è mica Caisotti?

I muratori dissero: – No.

– *U l'è vegnïu, d'ancoei?*

– Come dite? – (Erano calabresi).

– Se è venuto oggi.

– Noi non sappiamo.

– C'è un capomastro, qui?

– Sta sopra.

Quinto e Ampelio salirono.

Su, c'erano i muri ma non i soffitti e i pavimenti. Le porte davano sul vuoto. Ai fratelli prese una specie di allegria. – Hooop! Hooop! – facevano, avventurandosi sulle impalcature a braccia aperte, come equilibristi.

S'udì un raschiar di suole. Per attraversare una stanza, c'era una stretta tavola sul vuoto, appoggiata da una soglia all'altra. E di là, defilato nel vano d'una porta, come volesse tenersi nascosto, c'era Caisotti che li guardava.

Quinto e Ampelio si ricomposero, un po' vergognosi. – Ah, Caisotti, buongiorno, buonasera, cercavamo giusto lei –. La grossa sagoma dell'impresario ostruì il quadrato della porta da cui partiva la tavola sottile. Stava a mani in tasca e non fece nessun segno. Quinto avanzò qualche passo sulla tavola, poi sentendola incurvarsi sotto i suoi

piedi parve esitare; s'aspettava che Caisotti facesse qualcosa, almeno mettesse un piede dalla sua parte per tenerla ferma, invece non diceva né faceva niente. Sospeso lì in
mezzo, Quinto tanto per dir qualcosa, fece: – Le presen-
to mio fratello Ampelio –. Caisotti levò una mano di tasca, l'avvicinò alla visiera del berretto e la scosse a palma
aperta, all'americana. Quinto si girò verso il fratello, lentamente per non far oscillare la tavola; e vide che il fratello stava rispondendo al gesto di Caisotti con un gesto
identico, tutt'e due seri in volto.

– Non vada lì che cade, – disse lentamente Caisotti, – scen-
dete di sotto che io vengo.

Andarono al caffè Melina. Si sedettero a un tavolino sul
marciapiede, c'era chiasso. Caisotti voleva offrire lui. – Un
Punt e Mes? – Ampelio prese un Punt e Mes. Quinto che
soffriva di stomaco ordinò un rabarbaro, pur con la convinzione che gli facesse male anche il rabarbaro. Ampelio
offerse le sigarette a Caisotti. Quinto non fumava. Avevano preso subito un tono di perfetta familiarità, Ampelio e
Caisotti; Quinto era un po' invidioso.

Caisotti stava ripetendo ad Ampelio tutte le cose che aveva già detto alla madre e a Quinto, sempre con dei: «Come
dicevo a sua signora mamma, come dicevo a suo signor
fratello», e con dei: «Non sto a spiegarci a lei, signor ingegnere». Ampelio era dottore in chimica, ma non obiettò
nulla. Stava a sentire immobile, con la sigaretta pendente
sulla barbetta nera, gli occhi semichiusi dietro gli spessi
occhiali; ogni tanto faceva una domanda, ma con levità,
come tra gente che s'intende, non – a quanto pareva – con
l'assillo che aveva Quinto di mostrarsi esperto e all'erta.

Anzi, a un'obiezione di Quinto, Caisotti, prendendo subito la sua aria lamentosa, si rivolse ad Ampelio quasi a
chiedere protezione. – Lei capisce che questa cosa che dice
suo signor fratello...

– Ma no, ma no, Caisotti... – fece subito Quinto per correre ai ripari. Ampelio si limitò a fare un gesto orizzontale sfiorando il piano del tavolo, come a sgombrare il campo da ogni controversia accessoria, e riportare la discussione all'essenziale.

Caisotti voleva continuare a far la vittima, ma aveva perso convinzione. Disse anche, sempre ad Ampelio: – Lei che è il fratello più vecchio...

– No, sono io il maggiore, guardi, – fece Quinto, un po' vergognandosi. Ma Caisotti non mutò il suo atteggiamento più deferente verso Ampelio.

– ... E se lei mi dice che dalla loro parte ci vogliono un'intercapedine io ci faccio una bella intercapedine.

Ampelio disse: – L'intercapedine è a lei che serve, per non aver umidità al pianterreno.

– Serve a me, serve a me, ma lei m'insegna che io anche senza intercapedine il pianterreno lo vendo lo stesso, invece loro se domani, per modo di dire, volessero costruire lì vicino, l'intercapedine gli fa comodo.

Quinto guardò Ampelio. Stava soffiando lentamente il fumo. Aspettò che il fumo fosse lontano nell'aria e disse: – ... E se costruissimo insieme?

Le dita di Caisotti ebbero un movimento minuto sul mozzicone di sigaretta, per far crollare la colonna di cenere, e i suoi occhi erano diventati acquosi, come chi guarda lontano per allontanare un senso di remota commozione, ma nello stesso tempo con una punta acuta, un infittirsi di rughe agli angoli delle palpebre. – Io dico che potremmo metterci d'accordo da restar contenti, – disse.

X

Il parere di Ampelio era che non si dovesse dar peso alle informazioni negative su Caisotti. «Tu sai com'è ***. Di chiunque si parli, si raccolgono solo pettegolezzi. Uno che s'impianta qui di nuovo, e fa affari, e va avanti per la sua strada, tutti gli tagliano i panni addosso.»

Manco a farlo apposta, Canal: – Mettervi in società con Caisotti? Voi? Vostra madre? Con quello zotico, imbroglione, immorale... Che si porta dietro quella segretaria...

– Ah, quella ragazza... L'abbiamo vista, – disse Quinto, subito distratto da una facile curiosità: – Perché? Che c'è? Sembra una campagnola... – e guardò il fratello come chiedendo conferma; Ampelio gli lanciò un'occhiata, quasi a dire: «Te lo dicevo io, come fanno...»

– E lo è, – disse Canal. – Se l'è portata con sé dal paese. E lassù ci ha lasciato sua moglie coi bambini...

– E tu dici che...

– Io non dico niente. Dei fatti loro non so niente né voglio sapere. C'è tutta un'aria che non mi suona giusta, lì intorno...

Quinto disse l'impressione provata poco prima: che una somiglianza, non fisica, non esteriore, ma proprio perciò più inquietante, legasse quelle due persone così diverse: la ragazza con le trecce e Caisotti.

– Be', non devi mica essere su una falsa strada...

– Come dici?... Perché, sai, pensare che lui... con una ragazza che avrà sedici anni, uno che potrebbe essere suo padre...

– Eh! Padre certo lo è di molta gente. Dal paese è scappato perché ha riempito di figli naturali tutta la vallata.

– Sarebbe sua figlia naturale, credi? – disse Quinto, ma sentì giunto il momento di reagire a quella curiosità pettegola e dimostrarsi l'uomo navigato che era, lontano dai pregiudizi provinciali: – E se lo è, che c'è di male? Ha una figlia naturale, benissimo, e invece di abbandonarla le dà un lavoro, la tiene con sé. Cosa avete da dargli la croce addosso?

– Mah, io non so nulla.

– E se invece di sua figlia fosse la sua amante, be', che ci sarebbe di male? Gli piacciono le ragazzine, loro ci stanno... State ancora a guardare tanto per il sottile, voialtri?

– Io? A me non me ne importa niente... Se è sua figlia, affar suo... Se è la sua ganza, lo stesso... Se è tutt'e due insieme...

– Vogliamo tornare al contratto? – chiese Ampelio.

Era un bel pomeriggio, col sole e ventilato, e metteva voglia di fare grandi cose. Appena lasciato Caisotti, i fratelli erano andati a parlare all'avvocato. Avevano dovuto aspettare perché Canal era nel pieno del suo orario di consultazione; ma l'attesa non aveva sminuito l'eccitazione dei due fratelli, che avevano continuato, seduti in anticamera, a perfezionare i loro progetti, in un dialogo di frasi smozzicate, per non farsi intendere dagli altri clienti lì in attesa. Dallo studio venivano i gridi d'un litigio in dialetto: Canal aveva ereditato una vecchia clientela campagnola, piccoli proprietari accaniti in meschine interminabili questioni di testamenti e di confini. Per la prima volta Quinto si sentì non più colpevolmente estraneo a questo mondo avito ma parte d'un altro, da cui poteva guardare quello con superiorità e ironia: il mondo della gente nuova, spregiudicata, abituata a maneggiare il denaro.

Invece Canal, appena aveva sentito il progetto, aveva fatto un salto sulla poltrona. – Ma siete matti! Con Caisotti! Quello vi mette allo spiedo come tordi!

Quinto sorrise. – Piano, bisogna vedere chi sarà il tordo... L'affare è a tutto vantaggio nostro...

– Sì! E lui ci sta! Figuratevi!

Quinto sorrideva sempre. – Ci sta. Glie ne abbiamo già parlato.

– Ma siete matti! Una società con Caisotti! Voi! Vostra madre! – eccetera.

– Sta' a sentire, – diceva Quinto, e aveva preso, nello spiegare a Canal, un'aria quasi d'indulgente pazienza, come con un genitore che ci crede ancora bambini mentre siamo uomini fatti; tono che, s'intende, serve appena a mascherare una punta di rabbia a non esser presi abbastanza sul serio.

Quinto spiegò come Caisotti fosse disposto a pagare i due terreni contigui parte in denaro (così potevano saldare le tasse) parte in appartamenti (così un loro bene improduttivo si trasformava in una lucrosa fonte di reddito, senza alcuna spesa). Alle obiezioni di Canal, Quinto pareva sempre più divertito, anzi cercava di provocarlo: ogni aspetto nuovo che si presentava rendeva più difficile e appassionante il gioco, e metteva alla prova la bravura di tutti loro. Quinto riponeva molta stima e fiducia in Canal, gli piaceva appunto dargli da tutelare una questione così complicata per vedere come si destreggiava. Ad Ampelio invece le perplessità dell'avvocato davano fastidio, gli parevano atti di disfattismo, e interloquiva brusco, quasi seccato, non perché si fidasse di Caisotti, o perché il loro piano gli apparisse perfetto, ma perché gli scrupoli dell'avvocato mandavano all'aria il ritmo sbrigativo, quasi aggressivo con cui s'era buttato nell'affare, ed egli era convinto che quella era una cosa che o si faceva così, decisi, come gente che di questi affari ne imposta dieci al giorno e poi li lascia andare per conto loro, oppure ci s'impelagava in mezzo ai se e ai ma, e allora era una seccatura che non finiva più, allora tanto valeva, quasi quasi, eh sì, allora era meglio non farne niente.

S'era alzato, fumava, adesso nelle sue secche battute pareva esser diventato più pessimista di Canal, e dava sulla voce a Quinto. Quinto, non sentendosi più alle spalle il fratello, cominciò a esitare: certo se le probabilità contrarie erano tante, forse era il caso di ritirarsi, ripiegare sulla semplice vendita del terreno della vaseria e basta.

Ma no, ormai Canal, studiando le clausole d'un contratto che facesse al caso, stava prendendo gusto a prevedere tutte le possibili inadempienze dell'impresario, e a premunirsene con clausole più complicate, cauzioni, fermi, garanzie d'ogni genere. Allungava e torceva il viso in smorfie e strabuzzamenti, si grattava la capigliatura spettinata, costellava d'appunti i fogli davanti a sé. – Ve lo faccio io, un contratto apposta per Caisotti, un contratto da non sgarrare d'un millimetro... un contratto da non poterne uscire neanche col pensiero... – e ridacchiava, quasi appallottandosi nella poltrona, all'idea d'un contratto spinoso come un istrice.

E poi, con uno scettico scrollar di spalle: – Per quel che servono i contratti, naturalmente.

XI

Cominciò l'epoca dei disegni, dei lucidi, dei preventivi. L'uomo indispensabile era adesso l'ingegner Travaglia.

Era Travaglia uno dei più indaffarati ingegneri di *** e poteva concedere a Quinto e Ampelio solo sedute affrettate e irrequiete, tra un continuo srotolare a terra di piani di costruzioni, rispondere al telefono, sgridare i geometri.

Travaglia lavorava tutto a soprassalti, buttandosi ora a dar ordini, ora a tracciar righe col regolo, a cambiar tutto, e ogni tanto alzava gli occhi chiari, sorrideva, abbandonava le braccia lungo il corpo massiccio, ed era preso da un perfetto senso di calma, come chi ha davanti a sé un infinito tempo d'ozio. S'appollaiava grasso com'era sull'alto sgabello avvitabile del tavolo da disegno, e rideva con lo sguardo lontano. – Ma lo sapete fratelli Anfossi, cosa vuol dire un capitolato d'appalto?

Era protettivo, derisorio, sornione, e nello stesso tempo un po' a disagio di fronte ai due amici. Era stato compagno di scuola di Ampelio, ma era più in buoni termini con Quinto. (Ampelio, in fondo, non sapeva essere amico di nessuno.) Di famiglia modesta, orfano, autodidatta, aveva raggiunto i suoi coetanei al liceo dopo aver studiato privatamente. Adesso era arrivato, era tra le persone più influenti di ***. La corpulenza e la precoce calvizie lo facevano parere uomo maturo: un'autorità d'aspetto di cui certo si giovava. I fratelli Anfossi che vivevano lontano e sbarcavano male il lunario, puntando su confuse ambizioni fuori dal suo raggio, rappresentavano per Travaglia i modi d'intendere la vita che lui aveva scartato in partenza: l'arte, la scienza, magari gli ideali politici. E che aveva fatto bene a scartare! si ripeteva, guardando gli Anfossi, sempre allo stesso punto, senza una posizione, Quinto ancora senz'arte né parte, Ampelio un travet dei laboratori universitari che sarebbe arrivato alla cattedra a sessant'anni; insomma, ormai non c'erano dubbi, due falliti; e a guardarli si sentiva più che mai soddisfatto di sé, e ostentava con loro la sua morale d'uomo che bada solo al sodo, alle cose pratiche. Ma vi metteva un soprappiù di passione: la presenza degli Anfossi gli dava sempre una certa irritazione polemica; «perché, in fondo, poveracci, ci sono affezionato, – si diceva, – in fondo sono l'unico che sappia capirli». S'era iscritto di recente al partito di maggioranza e v'aveva subito preso un posto locale preminente. Quinto, che aveva conosciuto Travaglia per il miscredente che era stato in gioventù e dubitava che potesse aver trovato il tempo e l'agio per una crisi religiosa, pure giudicava l'iscrizione ai democristiani coerente al costume che l'ingegnere s'era imposto come necessario, e anche al suo desiderio di lavorare sempre di più, di far valere la sua competenza, di prendere delle responsabilità: passioni, dunque, encomiabili; e, in contrasto col fratello, faceva del Travaglia grandi lodi.

Ora guardavano certi conti. L'ingegnere alzò il capo e contemplò i due, poi scoppiò in una delle sue risate stanche e silenziose. – Fratelli Anfossi, ma chi ve lo fa fare?

– Basta, abbiamo capito, Enrico. Per oggi ne hai abbastanza. Torneremo domani. Questo problema, vuol dire che ce lo risolveremo da noi, – e già s'avviavano alla porta.

– Nooo! – corse loro dietro l'ingegnere. – Figuratevi se vi lascio far qualcosa da soli! Vi mangia in un boccone, il Caisotti, poveri mammoletti. State qui, riprendiamo...

Si dovette mandare il geometra da Caisotti per chiedergli una cosa segnata sul piano. L'ufficio di Caisotti era poco distante dallo studio dell'ingegnere. Il geometra tornò, disse: – In ufficio Caisotti non c'è. L'ho chiesto alla signorina...

– La signorina... – Travaglia cominciò a ghignare.

– La signorina dice che non sa.

– Quella non sa neanche dove ha... Ma se c'era anche lei quando l'abbiamo visto! Va', torna, dille che è lì sopra il tavolo, c'era stamattina, ci dev'essere anche adesso.

Ampelio, da seduto com'era, silenzioso, con l'impermeabile indosso, col mento abbassato e la barba sul petto, s'alzò, disse: – Ci vado io, – prese la porta, sparì.

Travaglia uscì nella sua risata muta, a sguardo nel vuoto, come per qualcosa di non esprimibile a parole.

Quinto non aveva capito bene. Fece, dopo un po': – Ma perché, tu dici che Ampelio va lì per...

– Come? – fece l'ingegnere, già con la mente ad altro. Si misero a controllare quei calcoli.

Dopo un venti minuti tornò Ampelio. Stette lì fermo impalato senza dir niente. – E be'?

– Bisogna andare sul terreno a vedere. Sulla carta c'è sbagliato.

Finirono per andare tutti e tre. Il terreno della vaseria e quello dei miosotis erano mezzo all'aria; la madre aveva cominciato a far spostare le piante. Era una bella giornata, fiori e foglie sotto il sole prendevano un aspetto di rigoglio gioioso, sia le piante che le erbacce; a Quinto sembrava di non essersi mai accorto che una vita così fitta e varia lussureggiasse in quelle quattro spanne di terra, e adesso, a pensare che lì doveva morire tutto, crescere un castello di pilastri e mattoni, prese una tristezza, un amore fin per le borragini e le ortiche, che era quasi un penti-

mento. Gli altri due invece parevano semplicemente godere di quell'ora; l'ingegnere portava il cappello, ma lì ebbe
caldo e lo teneva in mano; sulla fronte gli aveva marcato una riga rossa e sudata; presto il sole sulla testa calva
gli diede fastidio e rimise il cappello, ma appena appog-
giato sul cocuzzolo, e questo gli dava un'aria domenica-
le, di baldoria. Il fratello s'era finalmente tolto quell'impermeabile fuori stagione; e lo portava, ben ripiegato, su
una spalla. Giravano misurando una certa rientranza del
confine. Quinto lasciava fare a loro. L'ingegnere, pur lavorando, era in quei momenti di calma contemplativa che
lo prendevano. Scostava con due dita le piante osservan-
dole. – Questa cos'è? – chiese ad Ampelio. Ampelio gli rispose con aria d'intendersene e quasi con brio. Quinto se
ne stupì perché mai s'era accorto che suo fratello avesse
fatto caso alle piante.

Si mossero le dalie, d'una fila di vasi, e chi si faceva largo? La ragazza segretaria di Caisotti, con le trecce nere. Si
sporse, con quegli occhi tutti ciglia; vestiva un «tailleuri-
no» di stoffetta grigia. – Oh, ci sono loro? Cercavo il signor Caisotti, doveva venire qui...

– Certo che ci siamo noi, – disse Quinto, – qui è ancora nostro, fino a prova contraria, il contratto non è ancora
firmato! – Chissà perché, gli era presa rabbia.

– Ma non so... dice che veniva qui con un signore... – s'interruppe, portò alla bocca una busta che aveva in mano,
faceva l'imbarazzata, come avesse detto troppo, ma stava
lì tutta impettita nella giacchetta del tailleur.

– Di', non ha ancora comprato il terreno e vuol già vendere gli alloggi da costruire... – disse Quinto, voltandosi agli
altri due, con aria di denuncia ma anche d'ammirazione.

Travaglia e Ampelio parevano non seguire il discorso.
Erano voltati verso la ragazza. L'ingegnere stava col capo
inclinato da una parte, gli occhi socchiusi e la bocca aperta
in una di quelle risate stanche. Ampelio, con un dito infila-

to nel taschino della giacca, l'impermeabile drappeggiato di traverso su una spalla, le lenti che non lasciavano veder lo sguardo, sembrava uno dell'Ottocento. Allungò la mano verso la busta che teneva la ragazza e disse: – C'è posta?

La ragazza nascose la busta dietro la schiena rapida, come stessero giocando. – Non è per lei, è per il signor Caisotti.

– Cos'è di tanto urgente?

– Mah... cosa ne so?

E l'ingegnere: – E che qui il suo padrone fa le misure a suo vantaggio, lo sa o non lo sa?

– Io no... Poi dove c'è pendenza si misura di meno.

– Ah, questo lo sa?

La ragazza si strinse nelle spalle.

Fece l'ingegnere, ghignando: – Ma a lei Caisotti ogni mattina dà istruzioni di tutto quel che deve dire, o solo di quel che non deve dire?

Lei batté gli occhi, si passò le trecce dietro le spalle. – Come? A me Caisotti non dice niente...

– Che segretaria è, allora?

La conversazione aveva preso un andazzo di passatempo. Giravano per il terreno, con quella ragazza in mezzo, che aveva strappato una foglia e la stringeva tra le labbra. Ampelio offerse sigarette a tutti, per prima alla ragazza. – Grazie. Non fumo, – mugolò lei con la foglia tra i denti.

– Una ragazza illibata... – stuzzicò l'ingegnere.

– E con ciò? – lei disse.

S'udì un fruscio sulla terrazza di sopra, e dalla siepe fece capolino la madre con un gran cappello di paglia e guanti da giardino e una grossa forbice, che tagliava talee di rosa. L'ingegnere se ne accorse per primo e la salutò togliendosi il cappello.

– Ragazzi, siete voi, chi avete in visita? Oh, Travaglia, son contenta di vederla! È venuto a studiare il posto? Tenga in testa, tenga in testa. Mah, che ne dice di questo benedetto progetto?

L'ingegnere si rimise il cappello, ben calzato. – Cercheremo di fare una cosa ben fatta, signora, non dubiti...

– E chi è questa bella signorina? Aspettate, la conosco, – disse la madre, abbassando gli occhiali da sole sul naso. – Sì, è la signorina Lina.

Quinto, seccamente, chissà perché, disse: – Ma no, non la conosci...

– Sì, sì, – insisté la madre, – è venuta l'altro giorno a ritirare la bozza del contratto, è Lina, la signorina del nostro impresario, anzi: del nostro consocio...

La ragazza, che all'apparire della madre s'era tirata un passo in là, e guardava altrove, venne alla siepe e salutò, nel suo falsetto dialettale: – Sì, signora, buongiorno, sono io, sono Lina, come sta?

I due fratelli erano infastiditi, volevano tagliar corto, e fu Ampelio che disse all'ingegnere: – Ma la pendenza, la pendenza, c'è modo di calcolare anche quella, no?

Travaglia continuava a rivolgersi alla madre, invece: – Cura un po' i suoi fiori, signora?

– Cerco di salvare il salvabile, Travaglia...

Ognuno andò per suo conto, la madre dietro alle sue rose, l'ingegnere e i fratelli a rimisurare un angolo, la ragazza – Lina – là in disparte. Ma l'ingegnere non badava alle cose del lavoro, bolliva la sua risata, e soffiò, piano: – Sciagurati, fratelli Anfossi, sciagurati...

– Perché?

– Perché cosa le fate fare, a vostra madre...? Ora le fate chiamare consocio Caisotti... Consocio con vostra madre, sciagurati...

– Enrico, ma sei matto! Noi non l'abbiamo mai chiamato né fatto chiamare consocio! È a lei che le è venuto da dire la parola «consocio», adesso, chissamai come, lì per lì. Consocio: sarebbe bella! Ma che c'entra? E poi questo è un affare di noi due, un'iniziativa nostra e ce la sbrighiamo noi due...

– Siete due sciagurati...

Erano lì che alternavano con stizza sarcasmi e misurazioni; sentono un parlottare e si voltano: vicino alla Lina era apparso Caisotti. Le diceva qualcosa a bassa voce con l'acuta cadenza della montagna, la faccia irata, i molli lineamenti tesi, e lei, con la stessa cadenza, gli rispondeva tenendogli testa. Lui aveva strappato la busta e pareva arrabbiato per la lettera che due o tre volte riprese a leggere, compitando a bocca aperta, e poi cacciò la lettera e le mani nelle tasche dei calzoni e prese a camminare in avanti, senza salutare loro. Quinto avvertì ancora, al di là dell'impressione di brutalità e d'ostinazione che Caisotti gli aveva comunicato allora allora, quel tanto d'indifeso e di debole che si portava dietro quell'uomo solo e ignorante, nemico di tutti. Camminava coi pugni nelle tasche, la faccia rimpicciolita, tutta grinze negli occhi, vestito peggio di quanto non l'avesse mai visto, con una giacca striminzita abbottonata sulla camicia di lana a scacchi, degli informi pantaloni di tela gialla, scarpe vecchie spruzzate di calcina: adesso pareva proprio un muratore, gli mancava solo il berretto di giornale.

La ragazza Lina, che con lui – notò Quinto – non teneva la solita aria contegnosa, ma un piglio quasi sfrontato, polemico, ora lo seguiva a distanza di qualche passo, con aria un po' allarmata ma sempre in polemica, come se avesse ancora in corpo una rabbia con lui che non era riuscita a sfogare.

Ma il Caisotti, dopo un po' di quel passeggiare nervoso e scontroso, si voltò verso i fratelli e li salutò con un cenno del capo, come se s'incontrassero per via. – Era per rimisurare questa rientranza, Caisotti... – disse Quinto, subito pentendosi perché aveva sentito la propria voce come se stesse giustificandosi d'essere lì, in quel terreno che era ancora suo; e allora, per correggere quell'intonazione, di-

ventò aggressivo: – Perché queste misure che ha fatto lei,
sa, bella roba, sono tutte sbagliate!

Caisotti venne avanti con le palpebre come se guardas-
se Quinto all'orizzonte; le palpebre erano arrossate, l'occhio liquido, le labbra umide, come uno che ha una gran
rabbia dentro, o anche come un bambino che può scoppiare a piangere da un momento all'altro. – Cos'è quest'altra che tirate fuori adesso? – Ed era chiaro che non vedeva l'ora di dar sfogo alla sua ira; gridò: – Andate a fare il
vostro mestiere che io faccio il mio!

– Un momento, Caisotti, scusi, – s'interpose Travaglia,
facendo un passo avanti con l'aria di chi entra allora allora, – lei è l'impresario e fa l'impresario, io sono ingegnere
e faccio l'ingegnere. Va bene? Allora, senta... – e cominciò
a spiegargli il perché e il percome.

Caisotti lo stava a sentire, ma scuoteva il capo, guardava
per terra, come a dire che sì, tutte le cose che diceva l'ingegnere potevano essere giuste, con l'ingegnere avrebbe
potuto intendersi, ma i fratelli non si sa cosa avessero in
testa, i fratelli era chiaro che ce l'avevano con lui.

– Ma no, Caisotti, stia a sentire... – faceva l'ingegnere
col suo sorriso blando, mezz'addormentato, di chi ne ha
viste tante e sa che bisogna lasciar correre.

– E io cosa ci faccio, mi dica lei cosa ci faccio... – diceva
Caisotti a braccia aperte, e la sua cadenza diventava sempre più lamentosa, una lagna che non finiva più, ed anche
in bocca all'ingegnere le vocali s'allungavano, s'allungavano, a esprimere indulgenza e possibilità di compromes-
so e così sembrava che stessero tutt'e due cercando d'ad-
dormentarsi a vicenda.

Da questo gioco di blandizie vocali Quinto si sentiva
escluso, anzi esplicitamente tenuto come uno che non conta
nulla, e non lui solo ma tutta la sua famiglia, come se non
contasse niente l'esser proprietari e l'aver dettato le condizioni dell'affare, come Quinto era convinto d'aver fat-

to. E non sapeva se gli desse più fastidio il tono usato nei loro confronti da Caisotti o quello dell'ingegnere. Ecco, era uno di quei casi in cui sarebbe dovuto intervenire Ampelio, con quel suo modo improvviso; Quinto si voltò verso di lui, e non lo vide. Era in là, nel terreno, in un punto folto di verde e lo si vedeva di schiena, un'ombra nera controsole, e davanti a lui c'era la Lina, con quella sua arietta, arrotolandosi una treccia su un dito, e parlavano basso, e lui ogni tanto faceva un passo avanti e lei arretrava. A un certo punto, sempre di schiena, senza voltarsi, come avesse fin allora seguito il discorso dell'impresario, Ampelio disse forte: – Allora, Caisotti, come vuole: siamo sempre pronti a mandare tutto all'aria. Il concordato si può disdire e il contratto non è ancora firmato.

– Come: mandare tutto all'aria? – saltò su Caisotti con la voce adirata e acrimoniosa di prima, ma nel bel mezzo dello scatto cambiò idea, e ci fece entrare una risata. Una risata come rideva lui, brutto: a bocca appena aperta, mal messa di denti, e cercando lo sguardo degli altri come a chiedere conferma che Ampelio aveva detto una cosa ridicola. – Come, all'aria? E allora cosa siamo qui a fare? – e rideva. – Siamo qui per metterci d'accordo, no? Siamo qui per essere amici e trattarci da amici...

Ecco che dalla siepe tornò a far capolino la madre. – Parlate di mandare tutto all'aria, ohi ohi ohi... Le mie povere piante, leva e metti, leva e metti...

Caisotti ora si sbracciava, rideva, faceva l'espansivo: – Ma no, ma no, signora! Siamo amici, facciamo le cose da amici! Stia tranquilla, signora, faremo un bel lavoro, ben aggiustato dalla parte sua... Anzi, se vuole che le faccia qualche miglioramento al giardino, intanto che ci sono i muratori...

– No, no, i muratori in giardino proprio non ce li voglio.

– E noi non ce li facciamo entrare! Faremo un passaggio qui davanti.

– Piuttosto, il muro che darà verso di noi, se ci potesse far salire un rampicante...

– Come? Eh sì, ci metteremo delle belle piante, io son disposto a far tutto come vuole lei, vedrà che andremo d'accordo...

In quei suoi movimenti incomposti aveva buttato giù una dalia. «Non ha domandato neanche scusa», commentò poi la madre.

XII

Il curioso fu che alla firma del contratto Caisotti non fece delle storie su quei punti che ci si sarebbe aspettato, ma su altri punti, di poco conto, sui quali fu facile disfarsi degli ostacoli. Quinto era addirittura un po' deluso. Era un contratto spinoso, Canal e il notaio ci avevano messo tutta la loro scienza, un contratto intricato come un cespuglio, c'era dentro tutto il capitolato d'appalto, le scadenze per il pagamento della somma in danaro liquido garantita da una serie di cambiali, le scadenze per la consegna degli appartamenti ultimati, il tutto vincolato a una clausola di «riservato dominio», cioè se l'impresario era inadempiente a una qualsiasi parte del contratto il terreno tornava ai proprietari con sopra tutte le costruzioni fatte nel frattempo, nello stato in cui erano. «Se accetta questo, sei in una botte di ferro», aveva detto Canal a Quinto. Caisotti aveva accettato, aveva lasciato fare a loro, non ci aveva quasi messo bocca, come se questa del contratto fosse una formalità. Era venuto dal notaio solo, senza un avvocato, senza nessuno, «per risparmiare» commentarono, o anche «perché tutte le volte che s'è preso un avvocato ha finito col litigarci». Lì c'erano gli Anfossi tutti e tre, madre e figli, più l'avvocato e il notaio anche dei loro, e solo nel momento in cui entrò in quello studio (che già come ambiente do-

veva dargli un po' di soggezione) con tutta quella gente
istruita che metteva nero sul bianco, Caisotti gettò intorno un'occhiata come di bestia che si vede in gabbia e fa
per rinculare ma sa che ormai non serve. Quinto, sempre
pronto a raffigurarselo in una luce favorevole, già si diceva: «Pare Daniele nella fossa dei leoni», ma questo modo
di pensarlo nella parte della vittima non gli dava nessun
divertimento: aveva bisogno di vederlo come un leone,
riottoso e selvatico, e loro tutti una fossa di Danieli intorno a lui, tanti Danieli virtuosi e accaniti come aguzzini,
che lo punzecchiavano con forcute clausole contrattuali.

Si sedette su una seggiola vicina alla scrivania del notaio, Caisotti, con loro altri lì intorno seduti o in piedi, e
ascoltava attento, concentrato, la lettura dell'atto dalle labbra del notaio. Stava a bocca semiaperta, a tratti ripetendo
tra sé con un muto muover di labbra una frase del rogito,
e Quinto si domandò se non era davvero tonto. Invece era
teso a non lasciarsi scappar nulla, e ogni tanto alzava una
delle sue pesanti mani, – Ah... Alt... – e il notaio ripeteva
scandendo le parole. Pareva alle volte che non gli andasse nulla, che si fosse convinto che era tutta una trappola
ai suoi danni, che quasi non stesse più ad ascoltare, tanto tra un momento si sarebbe alzato, avrebbe detto: «Ma
voi siete matti!» e sarebbe uscito sbattendo la porta; invece no, aspettava che il notaio fosse giunto al punto e a
capo, e faceva un cenno del mento d'approvazione, di consenso. Alle volte invece obiettava, su particolari che nessuno ci avrebbe mai pensato, specie nei dettagli tecnici,
come una certa storia di ghiaino, che ne venne fuori una
discussione di mezz'ora, anche perché Ampelio non si sa
per quale questione di principio ci s'impuntò, nonostan-
te che l'avvocato gli dicesse di lasciar perdere.

Quinto s'era annoiato, visto che tutti stavano attenti lì
lui andò a guardar dalla finestra la via al sole di primavera, e cercava di prender gusto al paese, all'affare che an-

dava in porto, ma gli pareva che tutto fosse ormai concluso, che quest'avventura dell'imprenditore edile non fosse che una faccenda di burocrazia e noiose discussioni, e non ci aveva più né curiosità né passione, e sperava solo che d'ora in avanti ci stesse dietro suo fratello.

Le cose s'erano avviate su di una china facile, pareva passassero tutte lisce, e in quest'andazzo Caisotti riuscì a far spostare la scadenza d'una cambiale, anzi di due delle tre cambiali in cui era rateato il suo saldo, e per di più a far calare la cifra di duecentomila lire. Ma in quelle trattative lì, l'avvocato tendeva a non urtarsi, perché era sulle spine: aveva paura che Caisotti le facesse tanto facili sul contratto per cominciare poi a piantar grane sulla «scrittura privata». Perché insieme al contratto (tutto con cifre posticce, come s'usa, per via del fisco), bisognava firmare una «scrittura privata» in cui figuravano le cifre vere ed era ben precisato il carattere della società con Caisotti per la costruzione della casa, che nel contratto appariva tutta in testa a lui. Invece, arrivati alla «scrittura privata», Caisotti si dimostrò pronto a favorire gli Anfossi in tutto e per tutto: propose anzi lui stesso degli accorgimenti perché la finanza non potesse trovarci nulla da ridire. E tutto questo faceva con risatine furbesche e strizzatine d'occhio, sollevando intorno a sé un pantano di complicità, tanto che la madre, che in queste cose non ci si ritrovava, s'azzardò a dire: – Ma non sarebbe meglio dichiarare le cose come stanno senza far tanti pasticci, anche se si paga qualche tassa in più? – Tutti le diedero sulla voce, gentilmente i legali, seccatamente il Caisotti e i figli, ma Quinto già s'era fatto l'idea che a complicare quella storia della «scrittura privata» il Caisotti avesse il suo tornaconto: forse pensava d'averli poi in sua mano, di vincolarli alla sua omertà.

Non s'era ancora alla firma quando Ampelio guardò l'orologio da polso e disse: – Io devo andare, parte il mio treno.

Quinto non sapeva che volesse partire. – Ma come, non s'è ancora firmato... – e gli prese una rabbia furiosa contro il fratello. – Perché parti adesso?

– Certo che parto. In laboratorio domani chi ci va? Tu? – Ampelio pigliava subito un tono insolente.

A Quinto ora seccava moltissimo dover restare lì a badare lui a tutto, s'era già abituato all'idea che fosse il fratello a prendere in mano la questione, e lui potesse star a guardare con un certo distacco: aveva sperato che ormai andasse avanti così. Cominciarono a litigare tra loro fitto fitto, a rapide battute sottovoce, davanti al notaio e a Caisotti. – Non avevi detto che partivi... Mi pianti qui...

– Ma sì, ormai il più è fatto. La mamma ha la procura, firma lei, tutto è a posto...

– E no, che ci sono ancora tante cose... Non abbiamo combinato niente, perdio...

Intervenne la madre: – Ma Quinto, se lui ha il laboratorio...

«Qui ha da guadagnarsi la giornata più che con tutti i suoi laboratori!» venne da dire a Quinto, come se recitasse la parte d'un vecchio negoziante che non vuol mandare i figli agli studi; ma si trattenne, disse invece: – Bisognava metterci d'accordo prima, in modo che un po' stia l'uno, un po' stia l'altro...

– Se vuol partire anche lei, non si preoccupi, – uscì a dire Caisotti, – parta pure, che io ormai eventualmente quel che ancora resta da dire, con sua signora mamma ci mettiamo d'accordo...

Quinto si ricordò d'una frase che aveva detto Canal tra loro grandi proteste e che aveva ripetuto quasi tal quale Travaglia: «Lo so già come va a finire, adesso impiantate tutta questa baracca, poi ripartite e chi s'è visto s'è visto: a cavar le castagne dal fuoco ci lasciate vostra madre...»

– Veramente, – disse il notaio, – se uno di voi restasse, ci sarebbero ancora alcune pratiche...

– Ma io resto! Certo che resto! Ci mancherebbe! – disse Quinto vivamente, ed era pieno di rabbia, perché davvero voleva restare, ma aveva avuto anche una mezza idea d'andare a Milano: Bensi e Cerveteri avevano indetto una riunione per stendere il programma della rivista, e Quinto da una parte non voleva andarci perché era in polemica con loro, ma dall'altra parte gli sarebbe piaciuto esserci, trovarsi lì come per caso, insomma era proprio arrabbiato.

Ampelio era andato via. Si finì in fretta, la firma, le cambiali, tutto. Scendendo le scale Quinto e Caisotti ragionavano amichevolmente dell'inizio dei lavori. – E adesso tutto sta avere l'approvazione del Comune, – disse Caisotti, – bisogna presentare il progetto all'Ufficio Tecnico, aspettare che si riunisca la commissione, e se tutto va bene...

– Ma... quanto ci vorrà? – fece Quinto, cominciando ad allarmarsi. – Io credevo che fosse tutto a posto...

Caisotti fece un risolino. – Figuriamoci, figuriamoci, con quelli là... Capaci di tirarla in lungo per dei mesi... Se poi c'è qualcosa che non va, sono grane che non finiscono più...

– Ma intanto i lavori...

– Intanto i lavori finché non c'è l'autorizzazione non possono mica cominciare...

Quinto s'era fermato in mezzo alla scala. – Ma, Caisotti, si rende conto... Lei ha firmato adesso un contratto in cui s'impegna di consegnarci gli appartamenti ultimati il 31 dicembre!

– Piano! – e Caisotti venne avanti con una faccia accesa e torva, come Quinto non l'aveva mai visto, nemmeno quella volta che s'era arrabbiato sul terreno. – Piano! Contratto dice la consegna tra otto mesi! E otto mesi s'intende otto mesi dopo approvato il progetto dalla commissione!

– Ma neanche per idea, Caisotti! C'è la data. Lei il 31 dicembre di quest'anno è tenuto a consegnarci i locali!

No, sì, otto mesi, trentun dicembre, il concordato, il contratto, risultava che a un certo punto c'era scritto consegna entro otto mesi, in un altro entro il 31 dicembre. Comunque, il parere dei legali era che non ci fosse da allarmarsi perché l'approvazione comunale non poteva tardare molto, «e poi quel Caisotti in Comune deve averci i suoi agganci, riesce sempre a fare quel che vuole».

Quinto e Caisotti si salutarono uscendo dal portone del notaio e Quinto già aveva in cuore il dubbio d'aver fatto un passo falso.

XIII

L'autorizzazione non fu facile. Caisotti evidentemente non era nelle grazie del Comune come si diceva. Aveva una lite, invece, per una casa che aveva costruito superando i limiti d'altezza, cosa non grave in verità, come ne succedevano ogni giorno e venivano sanate pagando una multa, ma lui non pagava né voleva demolire un piano, così non gli davano il nuovo permesso. Ci si sarebbe potuto mettere Travaglia, che per lui era uno scherzo, ma in quell'altra questione della casa troppo alta era lui il perito del Comune contro Caisotti, e adesso non voleva mostrare d'aver a che fare con l'impresario. Come difatti non ci aveva a che fare: assisteva solo gli Anfossi sul piano tecnico, aveva steso il capitolato d'appalto e avrebbe fatto loro da perito al momento della consegna dei locali, ma per tutto il resto aveva dichiarato di non volerci mettere le mani, sia ben chiaro. (Caisotti invece aveva sperato di tirarlo dalla sua. «Figurati che m'ha chiesto se ero disposto a firmargli il progetto, quella faccia di latta!» disse Travaglia a Quinto. «Però, se tu gli stessi un po' dietro, – aveva azzardato Quinto, – qualche consiglio per salvare un po' l'estetica...» L'ingegnere gli aveva messo le mani sulle spalle. «L'estetica! Ma non parliamo d'estetica, fratelli Anfossi, per carità! Ma non sapete cosa vi tirerà su, quello là... Roba che

se le cose andassero... Basta, non farmi parlare!» Quinto
c'era rimasto un po' male.)

Quinto adesso un po' era lì, un po' a Milano, e ogni volta che arrivava ritrovava il terreno nudo, le aiole sguar-
nite, le erbacce, e ancora non s'era dato un colpo di pala.
Andava da Caisotti a protestare, non lo trovava, la ragazza Lina tutta batter di ciglia, «Mah... non so...», finalmente Caisotti pieno di brontolii, di rinvii, di giustificazioni.
– E perché non ci va lei, dal Sindaco? – disse un giorno a
Quinto. – Con lei il Sindaco ci parla, con me no. Vada dal
Sindaco e gli solleciti. Restiamo così: che io aspetto che lei
gli parli al Sindaco. Eh, siamo intesi?

Ora a Quinto, questa di presentarsi al Sindaco per pe-
rorare la sua causa non gli andava. Sì, il Sindaco lo conosceva, ma appena appena, da tanti anni prima, dal tempo
del Ci-elle-enne, e poi non s'erano più visti, erano succes-
se tante cose. Adesso doveva saltar fuori tutt'a un tratto
a chiedere un favore, per chi? per Caisotti! Naturalmente
il Sindaco gli avrebbe detto che Caisotti qui, che Caisotti
là, lui avrebbe dovuto difenderlo: che senso c'era? Aveva
fatto tanto perché non comparisse ufficialmente che erano soci, e adesso in che veste, in nome di che... Insomma,
non ne voleva sapere.

Però i lavori non cominciavano, ed ora Quinto aveva
il rimorso d'esser lui a farli ritardare perché non andava
dal Sindaco. Rimandò, rimandò, poi un giorno prese la
via del Municipio. Il Municipio era nell'antica piazza della città, in un complesso di palazzi che comprendeva anche le scuole; lì in mezzo Quinto aveva vissuto parte della
sua vita. Girò un po' per le scale e i corridoi dalle volte a
crociera imbiancate a calce, col piacere che ora gli dava il
rimettere piede in quei vecchi interni liguri dall'aria con-
ventuale, e insieme col fastidio della sua condizione mi-
sta d'indigeno e di forestiero. Gli uscieri lo rimandavano
da un piano all'altro perché il Sindaco non si sapeva se

ci fosse, o dove. Finalmente riempì un modulo per essere ricevuto e si sedette su una panca d'anticamera. Uscì Travaglia da una porta, con altri. Prese da parte Quinto:
– Mercoledì, seduta dell'Edilizia, passa il progetto Caisotti, tutto è a posto.

– Ma la questione che aveva, la multa?

– Tutto a posto, ti dico, mercoledì l'autorizzazione va alla firma del Sindaco, possono cominciare i lavori.

– Così col Sindaco è inutile che ci parli?

– E cosa vuoi dirgli ancora?

– Allora, siamo a posto, che bellezza, Enrico sei un dio, non so come ringraziarti.

– Io? E io che c'entro? – rise, – non ho mica fatto nulla, – e sgusciò via, con un giro su se stesso, grosso come una trottola, come se tutto fosse stato uno scherzo.

Cominciarono i lavori. A lavorare erano in due. Facevano lo scasso per le fondamenta. Erano due manovali; uno sottile, nero, maligno, sempre in calzoncini corti e torso nudo, un fazzoletto in capo come un pirata, ed era sempre a far niente, a fumare, a far lo scemo con le serve, riprendendo ogni tanto la pala lasciata lì infissa dritta nella terra, con un sospiro, dopo essersi sputato sulle palme; l'altro era un gigante, con il petto d'un toro, con la testa dai capelli rossi e rapati che teneva bassa come uno che non vuole né sentirci né vederci, sebbene avesse un bel biondo viso giovane, dallo sguardo smarrito e furioso, e ci dava dentro a picconare o a spalare che pareva un Bulldozer, e ai frizzi dell'altro rispondeva di rado, con brontolii cupi, quasi inarticolati. – Un bel lavoratore, – disse di lui Caisotti, che veniva ogni tanto a dare un'occhiata ai lavori, a Quinto che gli obiettava che con due uomini ci avrebbe messo un anno, – uno che fa il lavoro di tre uomini. Continua anche un'ora filato, senza staccare un minuto. Li avessi tutti come lui.

Il luogo cambiava aspetto e colore. La terra più profonda veniva alla luce, d'un bruno carico, con un forte umido odore. Il verde vegetale del soprassuolo spariva nei cumuli al rimbocco delle fosse sotto palate di terra soffice e zolle restie allo sfarsi. Alle pareti dello scasso affioravano nodi di radici morte, chiocciole, lombrichi. La madre, dal giardino, tra le piante fitte, i fiori che lasciava afflosciarsi sugli steli senza coglierli, gli arbusti alti, i rami delle mimose, allungava lo sguardo a spiare ogni giorno l'affossare del terreno perduto, poi si ritirava nel suo verde.

XIV

Troppo chiuso in sé e indifferente d'altro ed aspro era il carattere della vecchia gente di ***. Alla pressione delle pullulanti intorno genti italiane non resse, e presto imbastardì. La città s'era arricchita ma non seppe più il piacere che dava ai vecchi il parco guadagno sul frantoio o sul negozio, o i fieri svaghi della caccia ai cacciatori, quali tutti loro erano un tempo, gente di campagna, piccoli proprietari, anche quei pochi che avevano da fare con il mare e il porto. Adesso invece li premeva il modo turistico di godere la vita, modo milanese e provvisorio, lì sulla stretta Aurelia stipata di macchine scappottate e roulottes, e loro in mezzo tutto il tempo, finti turisti, o congenitamente sgarbati dipendenti dell'«industria alberghiera». Ma sotto mutate forme, l'operosa e avara tradizione rurale durava ancora nelle dinastie tenaci dei floricoltori, che in anni di fatiche familiari accumulavano lente fortune; e l'alacrità mercantile nel ceto mattiniero dei fioristi. Tutti i nativi godevano o vantavano diritti di privilegiati; ed il vuoto sociale formatosi al basso attraeva, dai popolosi giacimenti di mano d'opera dell'estrema punta d'Italia, le folle dei cupi calabresi, invisi ma convenienti di salario, sicché ormai una barriera quasi di razza divideva la borghesia dalle classi subalterne, come nel Mississippi, ma non impediva ad alcuni fra gli immigrati di tentare bruschi soprassalti di fortuna salendo alle dignità di proprietari o fittavoli e insidiando così anch'essi quei malcerti privilegi.

Pochi guizzi negli ultimi cent'anni aveva avuto la gente rivierasca, passate le generazioni mazziniane che credettero nel Risorgimento, forse mosse dalla nostalgia delle estinte autonomie repubblicane. Non le riebbero; l'Italia unita non piacque loro; e, disinteressandosene, brontolando contro le tasse, s'attaccarono più di prima allo scoglio, salvo a saltar di lì nel Sud America, grande loro impero familiare, luogo delle corse giovanili e dello sfogo delle energie e dell'ingegno, per chi si trovasse a esuberarne. Sulle riviere s'attestarono gli inglesi, nei loro giardini, gente posata e individuale, tacitamente amica di persone e natura così scabre. Vicino, la Francia indorava Nizza, riempiendo questa riva d'invidia. Era ormai nata la civiltà del turismo, e la striscia della costa prosperò, mentre l'entroterra immiseriva e prendeva a spopolarsi. Il dialetto divenne più molle, con cadenze infingarde; il noto intercalare osceno perse ogni violenza, assunse nel discorso una funzione riduttiva e scettica, cifra d'indifferenza e sufficienza. Ma in tutto questo si poteva ancora riconoscere un'estrema difesa dell'atavico nerbo morale, fatto di sobrietà e ruvidezza ed *understatement*, una difesa che era soprattutto uno scrollar di spalle, un negarsi. (Non dissimile l'atteggiamento poi espresso da una generazione di poeti rivieraschi, in versi e prose di pietrosa essenzialità che passarono ignoti ai conterranei e celebrati e malcompresi dalla letteratura dei fiorentini.) Dominante il fascismo, s'accentuò – pur essendo già ben nota – l'estraneità dello Stato, mentre la cosmopoli degli ibernanti stranieri cedé, tra le due guerre, a un primo sedimentarsi di genti pan-italiane, nelle classi alte e nelle basse.

Ora, dopo la seconda guerra mondiale, era venuta la democrazia, ossia l'andare ai bagni l'estate d'intere cittadinanze. Una parte d'Italia, dopo un incerto quinquennio o giù di lì, ora aveva il benessere, un benessere sacrosantamente basato sulla produzione industriale, ma pur sempre difforme e disorganico data l'economia nazionale squilibrata e contraddittoria nella distribuzione geografica del reddito e sperperatrice nelle spese generali e nei consumi; però, insomma, sempre era benessere, e chi ce l'aveva poteva dirsi contento. Quelli che più potevano dirsi contenti (e non si dicevano tali, credendo fosse loro dovuto molto di più, che invece o non meritavano o non era né possibile né giusto che avessero) dai centri industriali del Nord tendevano a gravitare sulla Riviera e particolarmente su ***. Erano proprietari di piccole industrie indipendenti (se alimentari o tessili) o subfornitrici d'altre più grandi (se chimiche o meccaniche), dirigenti aziendali, direttori di banca, capiservizio amministrativi cointeressati agli utili, titolari di rappresentanze commerciali, operatori di borsa, professionisti affermati, proprietari di cinema, negozianti, esercenti, tutto un ceto intermedio tra i detentori dei grossi pacchetti azionari ed i semplici impiegati e tecnici, un ceto cresciuto al punto da costituire nelle grandi città delle vere e proprie masse, la gente insomma che poteva acquistare in contanti o ratealmente un alloggio al mare (oppure affittarlo per stagioni o annate intere, ma questo era meno conveniente) e anche che aveva voglia di farlo, aspirando a vacanze relativamente sedentarie (non per esempio a grandi viaggi o cose estrose) che poi con la macchina si potevano movimentare vertiginosamente, perché in un salto si poteva andare a prendere l'aperitivo in Francia. Ormai a *** i ricchissimi venivano solo di passata, in corsa tra un Casinò e l'altro, e nello stesso modo veloce ci venivano gli operai delle grandi industrie, in «lambretta», a ferragosto, con le mogli in pantaloni cariche dello zaino sul sedile posteriore, a fare il bagno stipati nelle esigue strisce di spiaggia, ripartendo poi per pernottare nelle pensioni più economiche d'altre località della costa. Più a lungo si fermava l'esercito sterminato delle dattilografe e impiegate contabili in shorts che occupava le pensioni locali con dietro il codazzo della gioventù studiosa o ragioniera, gloria dei dancings.

Ma questo era solo per lo stretto tempo delle ferie: la colonia stabile di *** era costituita da quel ceto medio-borghese che s'è detto, abitatore d'agiati appartamenti nelle proprie città e che qui tale e quale riproduceva (un po' più in piccolo; si sa, si è al mare) gli stessi appartamenti negli stessi enormi isolati residenziali e la stessa vita automobilistico-urbana. In questi appartamenti ai mesi freddi venivano a svernare i vecchi: genitori, nonni, suoceri, che prendevano il sole di mezzogiorno sulle passeggiate a mare come già quarant'anni prima i granduchi russi tisici e i milord. E alla stagione in cui un tempo i milord e le granduchesse lasciavano la Riviera e si spostavano nelle ombrose Karlsbad e Spa per la cura delle acque, ora negli appartamenti balneari ai vecchi davano il cambio le signore coi bambini e per i mariti occupatissimi cominciava la corvée delle gite tra sabato e domenica.

Era una folta Italia in tailleur, in doppiopetto, l'Italia ben vestita e ben carrozzata, la meglio vestita popolazione d'Europa, quale contrasto per le vie di *** con le comitive goffe e antiestetiche dei tedeschi inglesi svizzeri olandesi o belgi in vacanza collettiva, donne e uomini di variegata bruttezza, con certe brache al ginocchio, coi calzini nei sandali o con le scarpe sui piedi nudi, certe vesti stampate a fiori, certa biancheria che sporge, certa carne bianca e rossa, sorda al buon gusto e all'armonia anche nel cambiar colore. Queste falangi straniere che, avide di bagni fuori stagione, prenotavano alberghi interi succedendosi in turni serrati da aprile a ottobre (ma meno in luglio e agosto, quando gli albergatori non concedono sconti alle comitive) erano viste dagli indigeni con una sfumatura di compatimento, al contrario di come una volta si guardava il forestiere, messaggero di mondi più ricchi e civilmente provveduti. Eppure, a incrinare la facile alterigia dell'italiano ben messo, disinvolto, lustro, esteriormente aggiornato sull'America, affiorava il senso severo delle democrazie del Nord, il sospetto che in quelle ineleganti vacanze si muovesse qualcosa di più solido, di meno provvisorio, civiltà abituate a concludere di più, il sospetto che ogni nostra ostentazione di prosperità non fosse che una facile vernice sull'Italia dei tuguri montani e suburbani, dei treni d'emigranti, delle pullulanti piazze di paesi nerovestiti: sospetti fugacissimi, che conviene scacciare in meno d'un secondo.

A Quinto tutti questi sentimenti insieme, ed un tardivo culto della rustica fierezza delle generazioni antiche (che la memoria del padre da poco morto, vecchio da poter essergli stato nonno, tipico superstite di quel ceppo, gli avvicinava) rendeva vieppiù estranea la *** d'oggi. Ma al solito volendo contrastare se stesso (in una scherma dove ormai non si sapeva più che cosa di lui fosse autentico e cosa coartato) si persuadeva che proprio la nuova borghesia degli alloggetti a *** fosse la migliore che l'Italia potesse esprimere.

Intruppato in questa folla civile, realizzatrice, adultera, soddisfatta, cordiale, filistea, familiare, bemportante, ingurgitante gelati, tutti in calzoncini e maglietta, donne uomini bambini giovanetti nell'assoluta parità delle età e dei sessi, in questo fiume pingue e superficiale sull'accidentata realtà italiana, Quinto si disponeva a passare l'estate a ***.

XV

I principali avvenimenti dell'estate furono: una prima questione con Caisotti per la vuotatura d'un pozzo nero situato nell'area venduta (egli sosteneva che spettasse all'ex proprietario); una seconda questione con Caisotti per i mucchi dello sterro che ingombravano la strada; una sosta di quindici giorni dei lavori perché i manovali dovettero essere chiamati da Caisotti a un altro suo cantiere dove scadevano i termini di consegna; il mancato pagamento da parte di Caisotti della prima cambiale.

Quinto era molto contento. Andava sempre su e giù: ora dall'avvocato Canal a fargli scrivere delle lettere di diffida a Caisotti, ora dal notaio per particolari della registrazione del contratto che non erano mai perfetti, ora dall'ingegner Travaglia per condurlo sul luogo dei lavori a controllare se tutto procedeva secondo i termini del capitolato d'appalto (ma si era appena alle fondamenta), ora da Caisotti per protestare o sollecitare o interpellare. Gli amici professionisti lo aiutavano sempre, pur senza mai prenderlo molto sul serio, divertendosi a vederlo finalmente alle prese con problemi pratici; l'ingegnere non gli risparmiava i risolini maligni, il notaio dava consigli accomodanti, Canal s'incaponiva per rigore professionale.

I rapporti con Caisotti erano più difficili, sfuggenti, ma quando si riusciva ad acchiapparlo erano i momenti in cui Quinto raccoglieva i frutti più preziosi della sua iniziativa. Frutti morali, s'intende (per i frutti materiali, che sarebbero venuti in seguito, serpeggiava un'inquietudine, un brivido di rischio, quel rischio che – ora Quinto ne faceva personale esperienza – era il sale dell'iniziativa privata): uno scambio di frasi in cui trasparisse il mutuo rispetto tra detentore del capitale e imprenditore, un'occhiata d'intesa o addirittura di complicità, un momento di confusione dell'interlocutore che gli testimoniava dell'abilità d'una sua mossa. Gli approcci erano bruschi: Quinto gli arrivava addosso, mentr'era al caffè Melina, seduto al solito tavolino sul marciapiede, solo come usava stare, con la tazzina o il bicchiere vuoto, ingrugnato. (Gli affari dovevano avergli preso una brutta piega.) – E allora, Caisotti, cosa vuol dire questa storia? – l'aggrediva Quinto. L'impresario torceva uno sguardo verso di lui e poi lo riportava in là, come se preferisse non averlo visto. Quinto, in un crescendo un po' forzato, motivava la sua protesta. Caisotti guardava sempre davanti a sé, tendeva le labbra come stesse tenendo a freno lo scatto di violenza che l'aveva preso e riuscisse a stemperarlo, con lo scrollar del capo cui s'abbandonava poi, in un senso di sconforto e sfiducia generali. Le sue risposte erano sempre fuori tema ma cariche d'una disistima totale, spesso insultanti, da troncare ogni discussione. I due venivano presto ai ferri corti: ai colpi di pugno battuti sul tavolino (il tozzo pugno di Caisotti, compatto come un piccolo pallone di foot-ball) tintinnavano tazze e bicchieri sui piattini. Nello scambio di battute Quinto s'accorgeva con soddisfazione che era l'impresario che pareva preoccupato di non alzar la voce, di nascondere agli orecchi altrui il tenore del diverbio. Poi ci s'acquetava, da una parte e dall'altra, l'ostacolo che fin allora li aveva divisi lo si dava per già rimosso: si parlava del futuro, del vantaggio che sarebbe venuto all'uno e all'altro dal proseguimento dell'impresa. Ora parlavano come soci, come pari. La gente varia e affaccendata che riempiva la via camminava sui loro piedi. Lo sguardo, giù per una aiolata discesa gaia e banale, correva verso la marina.

Quinto tornava a casa e nelle fosse delle fondamenta vedeva il manovale dai capelli rossi, solo (l'altro scappava prima della fine dell'orario), che scavava, scavava come un dannato.

– Intanto, se ha chi cerca un appartamento o un magazzino, può già mandarmelo, – disse Quinto al gerente dell'Agenzia Superga, dopo avergli pagato la provvigione per l'affare.

– Come dice, dottore? Per che cosa? – s'informò il toscano.

– Sì, dico, ci vorrà ancora qualche mese, – precisò Quinto. – Il palazzo che ci verrà lì, sa? quello che fa Caisotti... Sarà pronto per dicembre.

Quello dell'agenzia rise. – Oh sì, altro che dicembre!

– Per dicembre, certo: è nel contratto! Noi ci abbiamo il «riservato dominio»! – Quinto era ormai rassegnato a non averli, per dicembre, gli appartamenti, ma il sentirlo dire come cosa sicura, da questo qui che non c'entrava niente, lo irritò. – Per forza Caisotti ce li deve consegnare!

– Eh sì, dottore, diciamo saranno pronti un altr'anno, via. Sulla data è meglio non giurarci. Quando s'ha a che fare con un Caisotti...

– Come? Lei mi dice questo, ora? Chi me l'ha portato, Caisotti? Lei!

C'era una donna in agenzia, una signora bruna, magra, abbronzata. Interloquì: – Degli appartamenti, diceva? In che zona? Quante stanze? – Avrà avuto trentacinque anni, milanese, o lombarda, troppo magra, nell'aderente vestito estivo, anche un po' sciupata, col viso un po' segnato, ma dentro allo sguardo c'era un certo scatto, un certo fuoco. Quinto le guardò il viso, il seno, le braccia nude.

– Ma no, signora, – disse il toscano, – non sono pronti
per adesso, e poi lei cerca da comprare mentre il dottore
vorrebbe affittare, è vero?

– È vero, – disse Quinto e così la questione era chiusa.

– Invece quel palazzo nuovo che le dicevo, signora... –
prese a dirle il toscano.

– Buongiorno, – disse Quinto e andò via seccato. Il modo
di fare dell'uomo dell'agenzia, che aveva subito escluso la
possibilità che a quella signora potessero interessare i suoi
alloggi, l'aveva offeso. Gli prese un dispiacere, una rabbia,
di non aver potuto discutere con la signora, sul numero delle stanze, sull'esposizione, sui servizi... La signora, quando
lui aveva lanciato quel saluto brusco, s'era voltata verso di
lui con un'aria interrogativa, e aveva accennato a un saluto, a un sorriso... Una donna interessante, non bella forse,
ma interessante: molto donna. A Quinto quel che sarebbe
piaciuto non era tanto il parlare degli appartamenti, ma il
parlare con lei. Difatti ora non s'allontanava da quel tratto
di marciapiede, come aspettando che lei uscisse dall'agenzia. La vide subito venire avanti, infatti. Si salutarono. – Scusi, – disse lui fermandola, – volevo dirle che, nel caso, se
la zona le interessa, per quegli appartamenti, senza impegno, vendere o affittare ci si potrà poi mettere d'accordo...

– Oh, grazie, non so ancora bene, dicevo là al signore,
era per avere un'idea... Non so ancora se ci fermeremo qui
o a Rapallo. Mio marito...

Fecero un pezzo di strada assieme.

– Milanese?

– Be', veramente io sono di Mantova.

– Ah, bello! Dove va a fare i bagni?

– Al «Serenella». Conosce?

– Eh, ogni tanto ci capito.

– Se una volta passa, il mio ombrellone è il primo vicino al moletto.

Ci andò l'indomani. La spiaggia era stretta e affollatissima. La signora Nelly aveva l'ombrellone con una compagnia di amici, tra cui un colonnello. Quinto dovette sedersi lì, partecipare alla conversazione, una gran noia. Era pentito d'esserci venuto. La signora in costume non era gran che, non gli interessava più come ieri. Il mare era un po' grosso, nessuno aveva voglia di fare il bagno, alla fine si decisero, prendevano le ondate saltando con grandi grida. Una fune mezzo marcita, tutta verde d'alghe viscide, pendeva da una fila di paletti di ferro. Nelly, che aveva paura, si teneva vicino alla fune. Quinto, alle ondate, l'afferrava per un braccio, da dietro, per tenerla. All'avvicinarsi d'un'ondata che pareva più grossa, le prese con tutt'e due le mani il seno. L'onda era piccola, invece. Nelly non gli scostò le mani. Rise.

Passarono la notte insieme. Per trovare una camera Quinto aveva girato tutto il pomeriggio: era agosto, alberghi e pensioni erano gremiti. Trovò da un'affittacamere che chiedeva i documenti solo agli uomini. La camera dava su una via del centro; Quinto, abituato alle notti ventilate su alla villa, aveva caldo e non riusciva a prender sonno. Il letto era a una piazza e mezza, ci si stava stretti. Erano nudi, il lenzuolo era sudato, dalla finestra aperta entrava il chiarore d'un lampione. Nelly dormiva dandogli le spalle; lui, staccato, doveva stare sull'orlo. Pensò di svegliarla, in verità per esser la prima volta l'amore era stato poco, lui sentiva il puntiglio di dover ricominciare, e gli sarebbe bastato un po' di buona volontà; ma la signora dormiva, lui era pigro, preferì pensare che lei era un tipo così, che non ci teneva troppo, non quel tipo sensuale che gli era sembrato a prima vista. Le guardava la nuca non più fresca, le scapole aguzze; da anni Quinto accostava solo donne che gli fossero lievemente sgradevoli, per un proposito dichiarato: aveva paura di restar legato, voleva avere solo amori brevi.

Si mise a pensare alla costruzione, a Caisotti, alla cambiale...

Mancò il cemento. Quel mese, si diceva, non erano state fatte le assegnazioni solite e tutti i cantieri di *** erano fermi. Si diceva... Lo diceva Caisotti! Per la verità, anche l'ingegner Travaglia, interrogato in proposito, lo confermò, ma poi si mise a ridere, lasciando capire che, sì, il cemento mancava a certe condizioni, ma c'era poi a certe altre, insomma era questione di pagare. Molti cantieri avevano sospeso i lavori; per qualche giorno; poi più o meno ripresero tutti. Solo Caisotti non aveva cemento, e adesso era il momento delle gettate.

– E sì che lo farò apposta! Ci manca più che veniate voi a angosciarmi! – inveì contro Quinto che tornava a chiedergli spiegazioni; e, come sempre, da violento diventò piagnucoloso: – Lo farò per divertirmi, di tener la mano d'opera ferma, il materiale impegnato per niente, perdere la buona stagione, tardare le consegne! Se non mi dànno il cemento, se non mi dànno, cristiandoro! – Da un po' di tempo in qua era diventato intrattabile. S'era messo in testa che gli Anfossi, perché non aveva ancora potuto pagare quella cambiale, parlassero male di lui in pubblico, mettessero in giro voci contro di lui.

– Ma cosa, Caisotti, non ci paga e poi ancora accusa noialtri!

– E be', cristiandoro, un momento difficile capita a tutti, cos'avete bisogno d'andare a dire, cosa mettete di mezzo l'avvocato, che mi vuol male, quello lì, lo so da un pezzo! che bisogno avete di far sapere i fatti miei al notaio che parla con mezza ***, sì, sì, sua mamma, sua mamma è andata a parlare in giro che io non pago i debiti e così ho tutti che mi stanno alle calcagna e sono restato senza cemento...

– Ah, allora è vero: il cemento è perché non paga che...

Levò un pugno sotto il naso di Quinto, urlando: – E basta: che non pago! Basta! – Era nell'area manomessa del cantiere, tra mucchi di terra, travi buttate lì. Dal casotto degli attrezzi uscì il manovale dai capelli rossi, e gli si mise alle spalle, gigantesco, un po' curvo, la faccia atona, un'aria tra l'angelo e l'orango.

– Giù le mani, è vero, Caisotti? Qui mostrare i pugni non serve proprio a niente, – disse Quinto. Mai come in quel momento l'impresario gli era parso un eroe disarmato in un mondo ostile, solo a battersi contro tutti. Poi era soddisfatto di non aver provato, allo scatto di brutalità di Caisotti, nient'altro che un senso di superiorità e freddezza, non dimenticando d'aver lui in mano la situazione. Difatti Caisotti nascose subito i pugni in tasca, come vergognoso, pentito del suo scatto, borbottò qualcosa, poi riversò la sua ira contro il gigante, sgridandolo per chissacché, mentre quello stava a sentirlo a capo chino.

Quinto restò padrone della situazione, ma Caisotti né pagò né mandò avanti i lavori.

Poi ci fu la questione dei tubi. Tubi d'irrigazione lì nel terreno, che avevano dissotterrato scavando e poi lasciati lì. Tutto il materiale che si poteva ricavare (quello della demolizione della vaseria, eccetera) era di Caisotti, per contratto. Ma la madre, vedendo che quei tubi li lasciavano ad arrugginirsi come fossero buttati via, chiese a Caisotti, dalla siepe, una volta che lo vide sul cantiere: – E quei tubi, li utilizza?

Caisotti era in una delle sue giornate nere; si rivoltò: – E cosa vuole che me ne faccia, dei suoi tubi!

– Allora, – fece la madre, contenta, – se lei non se ne fa niente, a me qui in giardino servono, li manderò a prendere –. Difatti l'indomani mandò il giardiniere e fece fare un braccio nuovo di tubatura per innaffiare un'aiola di narcisi. Questo era successo già da più d'un mese. Adesso, un'altra volta che la madre s'era affacciata alla siepe, sentendo che Caisotti era là, e chissà cosa gli aveva detto, sulla cambiale, sul ritardo dei lavori – perché lei, calma calma, accudendo ai suoi fiori, l'occasione di dargli una punzecchiatina non se la lasciava mai scappare – e lui chissà cosa aveva brontolato per evitare una risposta, e tutto pareva finito lì, entrambi voltatisi alle proprie faccende, ecco che s'alza la voce di Caisotti, tuonando: – E io la denuncio per furto, per furto, la signora Anfossi! Così impara ad andare in giro a rubare le tubature degli altri! Prima vendono e poi rubano quel che m'hanno venduto: bei sistemi da signori!

La madre scosse il capo. – È matto.

Quel giorno arrivava Ampelio. Era stato a un congresso di chimica in Germania. Arriva. Quinto era su, lo sente parlare con la madre e poi tornare fuori. Sale la madre. – Quinto, presto, raggiungi Ampelio, trattienilo, ho paura che faccia qualche sciocchezza con Caisotti, appena è entrato ho detto: «Oh, Ampelio, sai che quella buona lana di Caisotti è giunto al punto di darmi della ladra!» E lui subito: «Dov'è? Dov'è? Io gli spacco la faccia!» ed è uscito a cercarlo.

Quinto corse per strada, vide il fratello che andava avanti di buon passo, s'affrettò a raggiungerlo. – Ampelio! Ampelio! Che ti piglia? La mamma s'è spaventata... Dove vai?

Ampelio non si voltò, continuò a camminare e non degnò il fratello d'uno sguardo. – Vado a spaccargli la faccia.

– Ma sì, dovessimo stare a sentire tutte quelle che dice Caisotti... È un irresponsabile, un selvaggio...

– E io gli spacco la faccia.

– Guarda, è meglio che non scendi su questo piano, l'altro giorno per poco non mi ci picchiavo io, è una bestia, sta cercando di complicare le cose per ritardare i suoi impegni; se nasce un diverbio, una rissa, è proprio quello che lui cerca.

– E intanto io gli ho spaccato la faccia.

A questo punto ci sarebbe entrato bene un altro ordine di obiezioni: che Caisotti aveva delle spalle come un muro e certi pugni che ne bastava uno per abbattere un vitello, mentre Ampelio era un libero docente che pesava sì e no cinquanta chili. Ma a questo nessuno dei due fratelli accennò né probabilmente pensò. Quinto invece, tenendo a fatica dietro ad Ampelio, svolgeva questo concetto: – Guarda, Ampelio, i rapporti con Caisotti sono in una fase molto delicata, bisogna usare tatto, diplomazia, non badare ai suoi scatti, tenere una tattica elastica...

– Lo vedo cosa sei riuscito a concludere con la tua tattica elastica... Della casa non c'è ancora un mattone...

Adesso fu Quinto ad arrabbiarsi. – Perdio, tu arrivi ora! non ti sei mai fatto vedere! Io è da mesi che m'arrabatto dietro a Caisotti! Arrivi ora fresco fresco e hai la faccia tosta di far l'intransigente! il salvatore della patria!

– Ma io sono stato a Francoforte.

– E be'? Non è mica una buona ragione! – disse Quinto, ma era rimasto a pensarci un momento, prima di rispondere, e aveva perso l'abbrivio.

Andarono avanti un po' senza dir niente. Dove poi Ampelio avesse in mente di trovare Caisotti, non si capiva, né Quinto glie lo chiese. Quand'ecco, traversando la piazza, si sente uno scoppiettio di moto e chi si presenta davanti a loro? Dietro il parabrezza d'un motofurgoncino, con una specie di carrozzeria che sporge avanti a forma di siluro, piantato sulla sella, reggendo il manubrio sobbalzante, Caisotti in persona, con un berrettino col sottogola e la giacca a vento, tutto impettito. Si rivolge ad Ampelio, come se avesse interrotto un colloquio con lui poche ore prima: – Ecco che m'è arrivato il cemento! Vedete che non c'era che da avere un po' di pazienza, come vi dicevo io? Adesso riprendo subito i lavori, metto più uomini che posso sul cantiere, voi mi darete ancora un po' di respiro e io vi pago la cambiale con gli interessi, siamo intesi?

Ampelio era tranquillo, serio, affabile: – Benissimo. La gettata delle fondamenta per quand'è?

– Per sabato.

– Sabato questo? Prima non si può?

– Sabato va bene. Poi c'è la festa e asciuga. E lunedì riprendiamo il lavoro.

– E con la cambiale come facciamo, tra poco abbiamo la seconda che scade.

– Vuol dire che voi per questa volta avete pazienza e vi pago le due cambiali insieme. Ormai ho fatto i miei conti e son sicuro. Se no non ve lo direi.

– Ci contiamo, Caisotti.

– Battiamo tutti i record, stavolta. Arrivederci. I miei rispetti a sua mamma, – e con una salva di scoppiettii rimise in moto il furgoncino e partì.

Quinto era rimasto sconcertato. – Hai visto? – disse Ampelio.

– Visto cosa? Visto cosa? Ci ha giocato ancora una volta, questo ho visto!

Ampelio ebbe un breve moto della testa come escludendo nettamente questa possibilità. – No, no, stavolta farà tutto quel che ha detto.

– Ma va'! Ma tu non lo conosci! Macché gettata per sabato! Lo sai a che punto sono i lavori? Vienili a vedere! T'ha preso in giro! E questo rinvio della cambiale, come niente te fosse... E tu che glie le lasci passare tutte, tranquillo...

– E tu? Sei stato zitto tutto il tempo!

– Stavo a vedere te, perdio! Mai mi credevo...

Ampelio scosse il capo. – Non ti sei reso conto della situazione, – disse. – Ha un momento difficile, ma con possibilità di ripresa. Se noi gli stiamo addosso, gli protestiamo la cambiale, si crea il panico tra i suoi creditori, ed è un momento farlo fallire. Ora io mi chiedo: a noi conviene? o non ci conviene di più sostenerlo? Se fallisce, la causa per la liquidazione, tra un mucchio di creditori, i lavori da affidare a un'altra impresa, chissà a quali condizioni... Invece, se si rimette a posto, siamo a posto anche noi.

Quinto si torceva le mani. Questo era il quadro della situazione a cui anche lui era faticosamente arrivato e al quale aveva cercato di convincere il fratello poco prima. E adesso... – Ma, tu, scusa, non volevi spaccargli la faccia?

– Non era il momento psicologicamente favorevole, s'è visto subito. Poi, lui ha fatto marcia indietro, il suo è stato tutto un discorso di riparazione, non hai capito? Anche alla fine: i miei rispetti... Era cambiato da così a così...

Stavano per scoppiare in un litigio tra loro, adesso. Bastava che Quinto dicesse, come aveva sulla punta della lingua: «Tutto merito tuo, vero?» o che Ampelio non sapesse fermarsi a tempo e cedesse alla tentazione di aggiungere: «Basta un po' d'energia» e sarebbero venuti alle mani. Tacquero, invece. Dopo un po', Quinto, come se non avesse altro argomento cui attaccarsi: – E poi bisognava dirgli che la cosa più urgente è sostenere la terra dalla parte nostra, dove hanno buttato giù il muretto e hanno piantato tutto lì, così alla prima pioggia ci frana tutto di sotto!

– Per questo si passa in ufficio e gli si lascia un promemoria, – disse Ampelio. – È sempre bene non mescolare le questioni secondarie con quelle principali.

Andarono all'ufficio. Quinto entrò prima perché Ampelio s'era fermato a comprare le sigarette. La segretaria era più evasiva che mai. – Sì, lasci pure detto a me, oh, scriva pure, se vuole. Se Caisotti verrà... È un po' di giorni che non lo vedo... – sorrise a un tratto, fece un gran gesto col braccio. – Ehi! Ritorna il viaggiatore! Cosa m'ha portato in regalo?

Ampelio era comparso sulla soglia. Sbatté i tacchi, fece un profondo inchino, disse: – *Gnädiges Fräulein...*

XVIII

Il giornale più letto a *** era «Il Previdente», quindicinale della Camera di Commercio. Erano quattro pagine, di piccolo formato, occupate esclusivamente dall'elenco dei protesti cambiari. I nomi erano in ordine alfabetico, con l'indirizzo, l'importo della somma, e per alcuni la motivazione della morosità. Le motivazioni erano laconiche, con l'aria di reticenza o di scusa: «in viaggio», «per malattia», «non trovato a casa», e spesso, come in un allargar di braccia, «mancata disponibilità». Un mondo di piccole ditte e tentativi e faccende e ambizioni e naufragi galleggiava in quelle colonne di stampa sbiadita: imballatori e spedizionieri di fiori, gelatai, costruttori, affittacamere... e la più folta minutaglia di chi non si sa neppure cosa tenti, di chi cerca d'aggrapparsi in margine al flusso del denaro, di chi tira avanti coi debiti, condannati alla vergogna delle basse cifre degli effetti protestati.

Anche Quinto, adesso, ogni quindici giorni, vedendo in mano ai concittadini il nuovo numero del «Previdente», si affrettava all'edicola, e in mezzo a loro che già l'aprivano per strada e ne scorrevano le colonne ansiosi di verificare la situazione finanziaria delle persone con cui avevano rapporti d'affari, di scrutare il delinearsi d'una crisi o d'un dissesto, o soltanto di curiosare nelle tasche altrui, anch'egli si buttava a cercare un nome, quel nome. Un giorno, eccolo: Caisotti Pietro, c'era: due cambiali per trecentomila lire protestate. Era la china da cui già più d'una impresa non s'era sollevata. I pagamenti, la consegna dei locali, tutto si faceva problematico, legato a un filo.

C'era da andare in punta di piedi. Anche Canal raccomandò la calma, avrebbe fatto lui dei sondaggi. Lì Caisotti si rivelò abile, venne lui, direttamente dall'avvocato, come a cautelarsi da un'azione immediata, spiegò che il protesto, pubblicato adesso, corrispondeva però alla situazione d'un paio di settimane prima, ormai in fase di superamento; stava per concludere certi affari, era lui stesso creditore da varie parti, tra poco sarebbe stato in grado di pagare tutti i debiti. Attraverso Canal si riuscì a sapere che veramente una somma Caisotti doveva riscuoterla, anche la data si seppe, e l'entità della cifra. Non era una somma grossa, bisognava saperlo mettere alle strette tempestivamente, perché prima d'ogni altro debito soddisfacesse questo con gli Anfossi. La riscossione l'aveva alla mattina, si decise che Quinto sarebbe andato da lui il primo pomeriggio, di sorpresa, portandogli la cambiale, mentre l'impresario non poteva dire di non avere i soldi.

Suonò, risuonò (un campanello a molla, di quelli che si gira la chiavetta), già stava per andarsene, quando apersero. La solita Lina, appena appena sudata (era una calda giornata d'agosto), ma invece che le trecce, aveva i capelli stretti indietro, a coda di cavallo. – Cerca Caisotti? Non so se c'è. – Come non sa? – Erano due stanze. Sul corridoietto s'aprì una porta. C'era buio, e in quel buio, con un guardingo affacciarsi da ramarro, spuntò Caisotti, con l'aria di chi stava dormendo. Dormendo vestito: la camicia scomposta, la cintura sfibbiata, i capelli storti. Indifeso, pareva ancora che non vedesse né udisse, intento solo a muovere la bocca dal palato ispessito. Poi girò su se stesso, andò alla finestra, spalancò persiane e imposte; la luce riempì la stanza, lasciandolo più cieco di prima. Era la solita stanza dell'ufficio, che gli serviva dunque anche da camera: il letto, cioè un pagliericcio per terra, con lenzuola spiegazzate, era dietro un paravento, con un lavamano di ferro. Caisotti andò al lavamano, versò un po' d'acqua dalla brocca, se la portò al viso, s'asciugò. Poi, ancora con la faccia mezzo cotta dal sonno, bagnato sui capelli e sulla fronte, si sedette alla scrivania. Quinto prese posto davanti a lui. La Lina non c'era più. Fuori dalla finestra era il meriggio della città cui si comunicava impalpabile l'odore della sabbia scottante degli arenili. A Quinto pareva d'aver già detto tutto quel che era venuto a dire, eppure era come ancora non fosse stato detto niente. Non la minima luce aveva traversato gli occhi grumosi dell'impresario.

Prese a parlare lui, Caisotti, lentamente, sospirando, come fosse già a metà di un discorso: – Cosa vuol che dica, caro lei, a un certo punto, io lascio che facciano loro, io non dico più niente, – e così continuava. La luce gli dava fastidio, riaccostò le persiane. Spiegava come fosse difficile lavorare, costruire, con tutti che mettevano bastoni tra le ruote, il Comune con tutti i suoi divieti, lo Stato con le tasse, il materiale per cui si doveva dipendere da questo o da quello. Quinto avvertiva che questi discorsi di Caisotti erano tutti studiati in modo che l'interlocutore non potesse negar loro la sua approvazione: un particolare tipo d'approvazione, perché non si rivolgevano tanto al socio di affari o al creditore quanto all'uomo d'opinioni politiche che egli era o era stato.

– E il cemento, lo sa il cemento? Una bella storia anche quella lì, ci prendono alla gola come vogliono, di lì non si scappa, è un monopolio... – e prese a lamentarsi contro la società del cemento, a citare fatti, abusi, costrizioni, posti dove sarebbe stato facilissimo approvvigionarsi di cemento che venivano acquistati e fatti chiudere dagli onnipotenti cementieri. In questi discorsi, nell'individuare

le cause delle sue difficoltà, nell'inquadrare fatti dispara-
ti, l'impresario dimostrava una certa finezza, che Quinto
non s'aspettava. E insieme tutto era fastidiosamente ov-
vio: la solita storia del piccolo imprenditore schiacciato
dai grandi monopoli, un passaggio d'obbligo di ogni discorso critico sull'economia italiana, fastidioso soprattutto per Quinto, che non era venuto lì per vedere le cose da
quel punto di vista ma da un altro; non che avesse un'opinione diversa, erano concetti risaputi, accettabili in fondo da tutti, ma adesso lui era nella veste d'un proprietario immobiliare e voleva pensare alle cose che pensano i
proprietari immobiliari.

Caisotti raccontava d'un tentativo di farsi una cava di
cemento di sua proprietà, al paese, dove possedeva una
campagnetta che non rendeva nulla, tutte pietre, e queste
pietre, sosteneva lui, erano buone per cemento. Disse come
la società del cemento era riuscita a impedirgli di continuare, dopo che lui ci aveva già speso molti soldi. In Quinto si riaccese l'attenzione del proprietario; quella campagnetta costituiva, nei progetti dell'avvocato, un'estrema
garanzia, perché ci si poteva mettere un'ipoteca; ed ora si
scopriva che era tutta pietre, forse buone per cemento, ma
inutilizzabili perché non lo voleva il monopolio.

– Eh, si lotta, si lotta... – disse Caisotti. – Chi se lo sarebbe creduto a quei tempi, eh Anfossi, che si sarebbe rimasti a questo punto? Si ricorda?

– Eh... – disse Quinto, ma non capiva bene questo riferimento di Caisotti a ricordi o ad opinioni comuni.

– Ci pareva che una volta scesi noi dalla montagna, cac-
ciati via quegli altri, tutto sarebbe andato a posto da sé...
E invece...

Venne fuori che Caisotti era stato nei partigiani, anzi
proprio nella brigata di cui aveva fatto parte Quinto; era
stato «intendente di brigata», si chiamava «Bill». Quinto con la intendenza aveva avuto poco da fare, i distacca-

menti e i servizi della brigata erano sparpagliati in varie anse della valle, o di valli diverse; ma ora gli pareva di ricordare il nome di «Bill» e forse d'averlo visto una volta, che marciava in fretta, con la camicia cachi, uno «sten» a tracolla, e inveiva contro il prelievo di certa carne di bue macellata. Caisotti invece sapeva le formazioni in cui era stato Quinto, gli ricordò i posti degli accampamenti, nomi che Quinto aveva dimenticato ma che a lui erano certo familiari, dato che era proprio un montanaro di quelle parti.

S'era alzato, era andato in un angolo della stanza. – Vede? – Mezzo nascosto da un armadio c'era, appeso in alto, un quadro: uno di quei quadri con tutte le fotografie dei caduti d'una città o d'una formazione, con un nastro bianco rosso e verde in un angolo e una scritta come: «Gloria eterna ai volontari della libertà caduti della brigata...» Quinto aguzzò gli occhi, il quadro era in ombra e il vetro era impolverato, le facce dei caduti erano piccolissime e minuscola la scritta dei nomi, e gli sembrava di non riuscir a riconoscerne nessuno. Ne aveva conosciuti tanti, di quelli che poi erano morti! Ancora gli era facile commuoversi, pensando che fino alla sera prima aveva mangiato le castagne con loro nello stesso paiolo, dormito al loro fianco nella paglia... Eppure ora gli veniva di cercarne solo uno, conosciuto appena, uno venuto da poco e poi subito ammazzato, scioccamente: era di pattuglia insieme a lui, e solo per caso uno aveva preso da una parte e uno dall'altra. Adesso gli sembrava che una di quelle minuscole fotografie gli somigliasse, ma poteva essere anche quell'altra, oppure quella vicina: erano tutte fotografie di chissà quanto tempo prima, molti v'apparivano appena ragazzi, molti con la bustina e le stellette di quand'erano militari, ognuno poteva essere un altro, non si capiva nulla. Fece un gran sospiro e non sapeva più che cosa dire.

Insomma, non concluse niente. Caisotti chiedeva una proroga al pagamento della cambiale: doveva terminare un'altra costruzione incominciata, cosa che gli avrebbe dato modo di concentrare materiale e mano d'opera sul cantiere degli Anfossi e terminare il lavoro nel tempo previsto (da calcolare – ricordò – a partire dalla concessione del permesso, non dalla firma del contratto). Creargli altre difficoltà sarebbe stato dannoso anche a loro.

Quinto rincasò d'umor nero. Non solo l'inquietava il non essere riuscito ancora a farsi pagare, ma anche l'aver scoperto in Caisotti un antico compagno di lotte. Bella curva aveva fatto la società italiana! esclamava tra sé. Due partigiani, un paesano e uno studente, due che s'erano ribellati insieme con l'idea che l'Italia fosse tutta da rifare; e adesso eccoli lì, cosa sono diventati, due che accettano il mondo com'è, che tirano ai quattrini, e senza più nemmeno le virtù della borghesia d'una volta, due pasticcioni dell'edilizia, e non per caso sono diventati soci d'affari, e naturalmente cercano di sopraffarsi a vicenda... Però – osservò Quinto – al paesano era rimasta quell'attitudine a considerare come lotte sociali tutte le difficoltà che gli si presentavano. E a lui?

Quel giorno era morto De Gasperi. La notizia arrivò coi giornali della sera; il corso era pieno di gente colorata e chiassosa che tornava dai bagni nella luce cordiale della sera; gli strilloni passavano sventolando i grandi titoli listati a lutto e la fotografia del defunto. – Morte di De Gasperi! Nuova vittoria di Coppi! – gridava uno strillone alzando il giornale, – Nuova vittoria di Coppi! – Una bambina si tolse il gelato dalle labbra, – Di', papà, è morto De Gasperi! – Ah, sì... – disse il padre, e guardava i cartelloni del cinema.

A quest'indifferenza Quinto era l'unico che si sentisse oscuramente offeso, l'unico che ci pensasse, a quel De Gasperi che la speranza rivoluzionaria della sua giovinezza aveva considerato un estraneo insediatosi nella storia d'Italia nel momento in cui doveva essere tutta diversa; ed ora ecco: la borghesia che pochi anni innanzi lo salutava suo salvatore, restauratore dei suoi facili agi, ora l'aveva già dimenticato, aveva dimenticato la paura («la paura che le facevamo noi – pensava Quinto – quando eravamo la speranza»), e adesso sapeva soltanto che quell'uomo magro, montanaro, onesto, testardo, un po' ristretto, di non molte idee ma intransigente in esse, cattolico in una disadorna maniera poco italiana, a loro non era mai stato simpatico.

XIX

Avvolta nel castello delle impalcature, come un mucchio confuso d'assi, corde, secchi, setacci, mattoni, impasti di sabbia e calce, la casa cresceva nell'autunno. Già sul giardino si abbatteva la sua ala d'ombra; il cielo alle finestre della villa era murato. Ma sembrava ancora una cosa provvisoria, un ingombro, che poi si toglie come s'è tirato su; e così cercava di considerarlo la madre, appuntando la sua scontentezza contro questi aspetti transitori, come oggetti che cadevano dalle impalcature sulle aiole, disordine di travi sulla strada, ed evitando di considerare la casa come casa, come qualcosa che sarebbe stata per sempre piantata lì sotto i suoi occhi.

In sostituzione del pagamento d'una cambiale, Caisotti propose d'aumentare il numero dei vani che avrebbe consegnato agli Anfossi. Fu una lunga trattativa: nel contrattare la cubatura dei nuovi vani, si scoperse che Caisotti li aveva costruiti tutti più stretti di quel che era stabilito nell'appalto, per farcene entrare uno di più. Insomma, era come se lui rubasse loro dei locali e con questi locali rubati pretendesse di pagare le cambiali. Canal sventò la mena, si fece un supplemento di contratto, parecchie clausole del vecchio contratto furono riviste, fu ribadito il «riservato dominio» legandolo anche alla consegna dei nuovi vani, ma insomma, soldi chissà quando se ne sarebbero visti e la consegna dei locali finiti chissà quando sarebbe avvenuta.

Per queste trattative, venne a *** anche Ampelio, per un paio di giorni. Erano a casa tutt'e due, quando arriva fresca fresca quella Lina. Portava certe carte, Caisotti la mandava a controllare certi dati per la trascrizione negli atti del Comune. Cosa fosse tutto quello zelo, non si capiva; mai che Caisotti la facesse scomodare fin lì. Combinazione, la madre non era in casa; ed era appunto la madre che finiva per raccogliere le carte, i conti, che Quinto tra partenze e arrivi dimenticava qua e là; e qualsiasi cosa si volesse sapere bisognava ricorrere a lei.

Si mettono a studiare quel problema, Quinto e Ampelio, nello studio, con la Lina davanti che li guarda soave. – Aspetta che vado a cercare quel conto che abbiamo fatto l'altra volta, – dice Quinto e va a rovistare di là. Mette a soqquadro metà d'un armadio, passa e ripassa una decina di cartelle, ma non trova quel che cerca. Quando torna nello studio, le carte del Caisotti sono ancora stese sulla scrivania ma la ragazza non c'è più e Ampelio nemmeno. «Se ne sarà andata, – pensa Quinto, – tornerà domani a prendere quei dati.» E chiama: – Ampelio! – Ampelio non risponde. Uscito non era uscito, perché all'attaccapanni c'era il basco che suo fratello, un po' calvo, metteva sempre per andar fuori. Forse era su. Quinto salì al piano di sopra e girò le stanze chiamandolo, entrò anche nel bagno e di lì nella camera del fratello.

C'erano Lina e Ampelio a letto. Lei si voltò subito contro il cuscino e Quinto vide le sue trecce nere volare e una spalla tonda e rosa che sporgeva dal lenzuolo. Lui si sollevò sul gomito, nudo e magro che gli si vedevano tutte le costole, cercò con un gesto meccanico gli occhiali sul comodino e disse: – Ma sacramento, sarai sempre lì a rompere le balle!

Quinto richiuse la porta e scese giù, arrabbiato nero. Ce l'aveva a morte con suo fratello. Impiantargli quella tresca, lì in casa, con una dipendente dell'impresario, in un momento così delicato di rapporti d'affari, e andare su così in quattro e quattr'otto, con quella santarellina ipocrita, con quella svergognata... E sì, era comodo! Ampelio degli affari se ne infischiava, lasciava a lui tutte le responsabilità e le grane, a dannarsi nell'interesse anche suo, quando arrivava trovava ancora da ridire... e intanto, adesso era lassù che se la spassava: mentre lui Quinto, a scartabellare: anzi, lo beffavano, gli facevano cercare dei conti che magari non servivano a niente! Era capace di tutto quella sgualdrinella: con lui Quinto sempre a occhi bassi e col fratello invece, *allez!* Magari era Caisotti stesso che la mandava, per abbindolarli, ma in questo caso si capiva perché non l'avesse mandata a fare l'occhiolino a lui, lui certo non ci sarebbe cascato, però questa di mandarla col fratello non era nemmeno una mossa ben studiata; comunque era una porcheria, una grossa porcheria. E lui cosa restava a fare, lì in casa? Doveva reggergli il lume?

Stava per uscire quando suonò il campanello. Era Caisotti. Veniva a cercare certi dati, per il Comune... Ma era proprio una questione così urgente? Caisotti era guardingo in una maniera diversa dal solito, insicuro, pareva un po' in ansia. Quinto lo fece entrare nello studio, gli indicò le carte che aveva portato la sua segretaria, gli disse che avrebbero cercato... Ma Caisotti ora chiedeva: – Ah, allora è venuta qui, la ragazza? E dov'è?

– Perché? Non l'ha mandata lei?

– Sì, sì, ma aveva da fare diverse commissioni. Adesso dovrei dirle una cosa. Dov'è?

– Mah, sarà uscita.

– E no, non l'ho incontrata... – E Caisotti si guardava intorno, verso le altre stanze, verso la scala, come una bestia smarrita.

– Avrà preso un'altra strada. Dove vuole che sia?

Insomma, si sarebbe detto che Caisotti l'avesse seguita

fino alla villa e non vedendola scendere fosse salito a cer-
carla. Ora trovava tutte le scuse per trattenersi, s'era piantato lì e non voleva andarsene. Faceva discorsi concilianti,
perfino cedevoli, azzardò delle proposte di miglioramenti
gratuiti nei lavori da consegnare, e sempre aveva quest'aria
insicura, guardinga, scrutava Quinto come aspettando
che si scoprisse. Ogni tanto invece pareva che questo disagio che lo teneva lì gli si aggrumasse in odio, in violenza a stento reprimibile, e si vedevano i molli muscoli del
suo viso tirarsi, pallido, e i pugni stretti e sanguigni, e la
bocca da squalo torcersi in un tremante addolcimento che
pareva preludere a uno scatenarsi d'urli. Quinto, irritato
d'esser lì inchiodato a parlar con Caisotti, di dover fare da
scudo al fratello e alla sua ganza, solidale con l'impresario per l'astio verso il fratello, e insieme conscio che quella
era un'occasione favorevole per spingere Caisotti a qualche preziosa concessione, un momento in cui lo teneva in
mano che non si sarebbe ripresentato più, ma non riuscen-
do lì per lì a ricordare nulla di utile da chiedergli, scon-
tento in fondo di non potergli dimostrare tutta la sua solidarietà, non trovò altra via d'uscita che convincerlo ad
andare con lui sul cantiere a controllare lo stato dei lavori.

Caisotti andò di malavoglia, sempre cercando di non
perder di vista la villa, o almeno il cancello del giardino. Salirono per le scale di tavole, sulla soletta del primo piano ancora fresca. Quinto controllava gli spigoli, le porte. – Questa parete dovrebbe essere più spessa,
Caisotti, – e la voce rintronava tra i muri vuoti, – venga
a vedere, Caisotti, questa parete, dico...

E lui, senza muoversi, guardando in tralice per il quadrato della finestra tra gli stipiti di mattoni nudi giù nel verde
fitto del giardino, che a Quinto appariva irriconoscibile in
quella prospettiva mai vista: – Eh sì, più spessa, ma cosa
vuol vedere, aspetti quand'è finito, con la calce...

XX

L'ascendente di Caisotti era scosso proprio tra i suoi fedeli. Anche il gigante coi capelli rossi, che si chiamava Angerin, ebbe uno scatto di ribellione.

Viveva, questo Angerin, in una baracchetta d'assi lì nel cantiere, un ripostiglio per gli arnesi, per la guardia di notte; dormiva per terra, come una bestia, vestito. La mattina presto, con quel passo da orango, lo sguardo fisso e attonito, scendeva a comprarsi un filone di pane, un sanguinaccio e un pomodoro, e tornava masticando con la bocca piena. Forse di questo solo viveva. Raramente lo si vedeva cuocere qualcosa, su due mattoni, in un'ingrommata casseruola. Pareva che Caisotti gli dovesse il salario di qualche mese. Faceva la fame, Angerin, e fortissimo e obbediente com'era, tutti i lavori più pesanti erano per lui. Gli altri muratori e operai pretendevano d'esser pagati puntuali, se no andavano a lavorare in altre imprese, perché il lavoro edile non mancava. Caisotti si rifaceva a spese d'Angerin, che era sottomesso e alieno da iniziative proprie; e lo teneva come schiavo. Da taurino qual era al principio dei lavori, che metteva spavento a vederlo venir avanti, Angerin s'era fatto magro, con le spalle più curve, le braccia sempre penzoloni, la faccia pallida; malnutrizione, fatica, dormire in terra lo limavano.

Ad Angerin, Quinto a dire il vero non badava nemmeno, ma sapeva tutto dalla madre. La madre era l'unica persona che s'occupasse del manovale. Lo faceva venire alla villa, gli dava zucchero, biscotti, vecchie maglie. E gli parlava, consigliandolo, rimproverandolo, interrogandolo: cosa quest'ultima per Angerin molto fastidiosa, perché la madre non capiva il suo dialetto inarticolato e gli faceva ripetere dieci volte ogni risposta. Veniva dall'entroterra anche lui; Caisotti era suo compaesano e l'aveva fatto scendere a ***. – Pare che non abbia mai avuto altro dio che Caisotti, – disse la madre.

– Sarà suo figlio naturale, – rise Quinto.

– Gli ho chiesto se erano parenti e s'è confuso, – disse la madre. – Ho pensato anch'io a quello...

– Anche lui: basta!

– Perché: anche lui?

– Ah, storie!

In cantiere, gli altri lavoranti lo canzonavano, gli facevano degli scherzi. Scattò tutto in una volta. Si sentirono dei colpi di ferraglia, degli scoppi fragorosi di tavole buttate di piatto su altre tavole, delle grida. Quinto era in casa, corse giù al cantiere. C'erano i muratori che scappavano in strada, uno era saltato dal primo piano in giardino, spezzando piante. – Angerin è diventato matto! Aiuto! – Dentro la casa in costruzione, al primo piano, il gigante stava spaccando tutto. Scagliava secchi di calce contro i muri, svelleva pezzi d'impalcatura, strappava le corde che li sostenevano ai pali, buttava giù le scale, lanciava alla cieca mattoni, sbrecciando gli spigoli delle pareti, sconvolgendo le superfici fresche di cemento. In quel vuoto ogni rumore rintronava, diventava enorme, e questo doveva eccitare sempre di più il furioso. Nessuno poteva avvicinarsi: avventava certi colpi di pala che dove avesse colpito avrebbe ammazzato sul colpo. Il rancore contro Caisotti lo sfogava così, alla cieca, senza guardare chi colpiva.

– Chiamate le guardie! La Celere! No, no, ci vuole Caisotti, solo lui lo può fermare! – L'assistente era già partito col ciclomotore per cercarlo. Quinto vedeva quel po' di casa cresciuta a stento diroccare sotto i suoi occhi, l'armatura dei pilastri torcersi sotto i colpi di tavola, i davanzali incrinarsi, e già calcolava il ritardo per la riparazione dei guasti, i punti che non sarebbero stati riparati bene, con soltanto toppe sommarie, i litigi che su ciò si sarebbero dovuti fare...

Caisotti arrivò sul motofurgoncino. Appena se ne sentì lo scoppiettio avvicinarsi rapido e poi tacere, tacquero anche i colpi dentro il cantiere. Smontò Caisotti, pallido, la faccia tirata, ma calmo. Scostò la gente senza guardarla, entrò nel cantiere, si rese conto con un'occhiata, sollevò una scala a pioli, la puntò all'altezza del primo piano, salì.

Angerin gli era già di fronte, con la pala brandita all'indietro, prendendo forza per colpirlo. Caisotti fece ancora un passo. Parlò senz'alzare la voce, rapido: – *Angerin, ti ghe l'ài cun mi?*

Il gigante stava a occhi sbarrati, cominciò a tremare. Alla fine disse: – *Sci, cun ti.*

E Caisotti: – *Ti me voei amassà?*

Il gigante tacque per un po', poi disse: – *Na.*

E Caisotti, ma non come un ordine: quasi come una domanda, o una constatazione, o anche l'ordine a un cane ammaestrato: – *Mola a paa...* – Angerin lasciò cadere la pala. Appena lo vide a mani vuote Caisotti venne avanti di slancio, e questo fu uno sbaglio, perché Angerin fu ripreso dalla sua furia che ormai era solo paura: afferrò una cazzuola e la scagliò con tutte le forze contro il padrone. Lo colpì di striscio, sulla fronte, aprendogli un lungo taglio che subito si colorò di sangue. Caisotti pareva dovesse restar stordito dal dolore, invece reagì subito, se no il gigante l'avrebbe finito. Alzò un braccio più come se volesse nascondere ad Angerin la vista del sangue che come per riparare la ferita, gli si buttò addosso. Rotolarono sulla soletta; non si vide bene se fosse stato lo scontro, ma insomma Caisotti era sopra Angerin, ed Angerin non cercava più di picchiare ma solo di strapparglisi di sotto, e poi neppure quello. Caisotti, con un ginocchio sopra il manovale, cominciò a colpirlo, pugni come martellate d'un maglio, continui, quasi regolari, ciascuno pesato con tutta la sua forza, che rimbombavano sulla schiena, sul torace dell'uomo a terra, sulla testa, sulle ossa.

– L'ammazza, – disse uno dei muratori intorno a Quinto. – No, – disse un altro, – ma non piglierà più un soldo. Tutta la paga che gli spettava andrà a pagare quel che ha rotto –. Continuava quel rimbombo di pugni. S'udì un grido: – Basta! Non si difende più! – Quinto riconobbe la voce di sua madre: era alla siepe, pallida, le braccia strette sotto uno scialle.

S'alzò Caisotti, venne giù lento, di schiena, per la scala a pioli. Il corpo d'Angerin steso sulla soletta si mosse, strisciò, si sollevò carponi, poi in piedi, ma restando curvo, senza mostrare il viso; e così senza nemmeno scrollarsi, zoppicando, prese a sollevare gli oggetti sparsi attorno a lui, a rimetterli a posto, a far ordine...

Caisotti veniva avanti con un fazzoletto rosso di sangue sulla fronte; poi vi calzò sopra ben forte il berretto a visiera, a tenerlo fermo. Forse per via della ferita aveva gli occhi pieni di lacrime. – Non è successo niente, – disse ai muratori, – *avura purei turnà a travajà*...

– A lavorare con quel matto? Manca poco ci ammazza! Noi non ci torniamo, noi chiamiamo la Celere!

– Non vi fa niente. Non è con voi che ce l'aveva. Adesso è bravo. *A nu l'è, mattu. Nu stai a ciamà nisciun. Andai a travajà* –. Risalì sul furgoncino a fusoliera, con quel fazzoletto insanguinato mezzo sugli occhi, schiacciò il pedale, restò un momento sobbalzando allo scoppiettio del motore, accecato dalle lacrime che gli rotolavano sulle guance, poi partì.

XXI

L'inverno Quinto stette quasi sempre via, a Milano; faceva da segretario di redazione nella rivista di Bensi e di Cerveteri. Veniva a *** ogni tanto, per pochi giorni. Arrivava di notte e salendo alla villa passava davanti al cantiere. L'ombra della casa gli si presentava nel buio sempre avvolta dal traliccio delle impalcature, bucata dalle finestre vuote, scoperchiata. I lavori procedevano così lenti che da un viaggio all'altro Quinto trovava tutto allo stesso punto. Ormai gli pareva che la forma definitiva della casa fosse quella; terminata non riusciva a immaginarsela. Tutta la sua passione per la pratica, per la realtà concreta, eccola lì: un mucchio di materiale inutilizzato che non riusciva a esser nulla, velleità, tentativi non portati a termine. Solo quand'era tra Bensi e Cerveteri si sentiva un realizzatore, e questo gli serviva a vincere il complesso d'esser meno colto e sottile di loro; anche là era in continua contraddizione con se stesso, ma erano contraddizioni più comode; cosa gli era venuto in mente di cacciarsi in quest'impresa edilizia? Non ne aveva più voglia, stava a Milano per mesi interi senza pensarci e tutte le seccature ricadevano sulle spalle di sua madre.

Suo fratello, come farvi affidamento? Si preparava ai concorsi, squallido come un bruco, e non c'era verso di spostarlo di un millimetro dai suoi binari; ogni tre o quattro mesi veniva a trovare la madre per brevissime vacanze. Una volta Quinto arrivando lo trovò lì; era a *** da qualche giorno; si videro al mattino; Quinto, che era arrivato di notte, si stava lavando, quando entrò Ampelio. Quinto l'aggredì subito: – E allora, cos'hai fatto, cos'hai concluso? Hai predisposto il sequestro per la mancata consegna dei lavori? E l'ipoteca? – Era contento d'aver finalmente qualcuno con cui prendersela, su cui sfogare la cattiva coscienza e il rancore per quell'affare che pareva così semplice e si rivelava sempre più complicato.

Ampelio stava in piedi, sulla soglia della stanza da bagno, in soprabito, con un ombrello appeso al braccio. Dietro gli occhiali non appariva ombra di sguardo. – Non c'è niente da fare, – disse calmo.

Quinto era in pigiama. – Come: niente da fare! – urlò. S'asciugò in fretta. – Come: niente da fare! Abbiamo la clausola di riservato dominio! – e rientrò in camera da letto, spingendo il fratello. – Non ha consegnato gli appartamenti? Bene, noi ci riprendiamo il terreno e tutto quel che c'è sopra! Bisogna darsi da fare!

– E dattici, – disse il fratello.

Quando Ampelio la pigliava su quel tono, Quinto poteva diventar matto; lo sapeva che suo fratello era fatto così, che più lui s'arrabbiava più gli opponeva la sua calma laconica e sprezzante, eppure ogni volta Quinto perdeva il controllo. – E tu? Sei stato qui cinque giorni... Dovevi cominciare tutta un'azione con Canal, consegnare una denuncia in pretura, cos'hai fatto?

– Canal te lo raccomando io, – disse Ampelio.

Questo di disprezzare tutto e tutti era un vizio d'Ampelio che Quinto non riusciva a perdonargli. – Perché, cos'hai contro Canal? Canal è un mio amico! Canal è una persona scrupolosa! Ci assiste gratis et amore dei! Cos'hai adesso, da metterti contro Canal?

Quinto si stava vestendo seduto sul letto. Ampelio era di fronte a lui in piedi, incappottato, le mani sul manico dell'ombrello puntato sullo scendiletto. Quinto sentiva anche il disagio d'essere lui mezzo nudo e il fratello così vestito.

– Se ci assiste gratis, non è una ragione per rispondere come risponde, – disse Ampelio. – Sai cosa m'ha detto? Che non capisce cosa pretendiamo, che siamo stati noi a volerci mettere con Caisotti, e adesso dobbiamo tenercelo, che se ci impelaghiamo in una causa ci perdiamo anche la camicia...

– Ma no! Tu chissà cosa sei andato a dirgli! Chissà in che modo l'hai interpellato! Non sei mai stato capace a trattare con la gente. Sei stato qui cinque giorni senza risolvere nulla! Caisotti sta già vendendo gli appartamenti suoi prima d'averli finiti, e noi stiamo qui con le mani in mano. Se avessimo gli inquilini che devono entrare dovrebbe finirci i locali per forza! Hai cercato degli inquilini? Sei stato all'agenzia?

Ampelio aspettava sempre un po' prima di rispondere, fermo, guardando nel vuoto. E poi: – Hai la faccia come il didietro.

– Cosa vuoi dire?

Nessuna risposta.

– Cosa vuoi dire? – Quinto lo scuoteva per un braccio. – Di', cosa vuoi dire? Vuoi dire che io me ne disinteresso e che poi vengo a prendermela con te, questo vuoi dire? Eh, questo? – e lo scuoteva per un braccio, ma Ampelio non diceva più nulla. – E tutto il tempo che io sono stato qui a cavar le castagne dal fuoco, per te, anche per te, mesi sono stato qui a dannarmi, e tu non t'interessavi di nulla, non mi dicevi nemmeno grazie. Non è vero quello che dico, dimmi solo questo, non è vero?

Ampelio era uno che teneva sempre nascoste le sue ragioni. Sarebbe bastato che dicesse: «Ma sei stato qui tre mesi a fare i bagni!» e Quinto sarebbe stato smontato, non avrebbe più saputo cosa dire. Invece, non dava mai soddisfazione, nemmeno nel litigare. Disse: – Basta, datemi la mia parte, dividiamoci i locali, io mi vendo i miei così come sono, a Caisotti, a chiunque, quel che mi dànno piglio, basta che non abbia più da discutere con te, mi dispiace solo per la mamma che resta nelle tue mani.

– Ma cosa, ma che ti piglia, – Quinto lo stringeva per i polsi, – ma perché non vuoi riconoscere che finora quel che s'è fatto l'ho fatto io, che ho lavorato anche per te.

Ampelio si scostò: – Sei malato, sei malato di nervi. Va' da un medico, vatti a far visitare.

– Ma perché m'insulti? Perché mi tratti così? – gridò Quinto, e cominciò a prendere a pugni il fratello. Ampelio cascò sul letto, non si difendeva nemmeno, teneva soltanto i gomiti e le ginocchia sollevati in modo che i pugni di Quinto, più rabbiosi che forti, cadevano solo sulle braccia e sulle gambe. Aveva sempre in mano l'ombrello, ma lo teneva giù, parallelo al corpo, senza cercare di brandirlo contro il fratello. Gli occhiali gli erano caduti sul letto. Aspettava, raggomitolato, la barba nel bavero del soprabito, gli occhi che fissavano il fratello senza esprimere né risentimento né nulla, solo lo spaesamento dei miopi e una assoluta lontananza.

Quinto smise subito. Ampelio si rialzò, si rimise gli occhiali. – Va' da un medico, non sei normale, va' a farti visitare, – e uscì dalla stanza.

XXII

Sul finire dell'inverno Quinto trovò un lavoro al cinema, a Roma. Lasciò la redazione della rivista, litigando con Bensi e con Cerveteri. Il mondo romano era prodigo e spregiudicato; il produttore era uno che trovava le centinaia di milioni da un giorno all'altro; si viveva sempre in comitiva, i fogli da diecimila andavano come se fossero lirette, le sere si passavano in trattoria, poi a bere a casa dell'uno e dell'altro. A Quinto faceva male bere, ma finalmente era vita. Quattrini non ne aveva ancora visti molti, ma ormai era nel giro.

Le lettere che gli arrivavano da sua madre, con quelle preoccupazioni minute, quel trascinarsi d'ogni piccola questione, gli davano un rovello insopportabile: s'era persa l'occasione d'un possibile affitto perché gli alloggi non erano ancora pronti, Caisotti aveva finito il tetto ma ci aveva costruito in cima un casotto per l'ascensore violando i limiti d'altezza, Travaglia che doveva venire a constatare l'abuso non si faceva mai trovare. Quinto adesso viveva in un altro mondo, dove tutto era facile, tutto s'arrangiava, tutto si faceva alla svelta, ma dei suoi affari di *** non poteva certo disinteressarsi, non foss'altro perché, fatti i suoi calcoli, col cinema quanti più ne guadagnava tanti più ne spendeva, e non gli bastavano. Andava dietro a una ragazza francese, una della «coproduzione», era sempre in quel giro, una vita senza radici. E sempre più il pensiero della costruzione continuava a stargli dentro come una spina.

Appena ebbe qualche giorno libero andò a ***. «Adesso prendo in mano la situazione e risolvo tutto in quattr'e quattr'otto», si diceva, e gli pareva di aver preso lo stile del cinema. Ma gli bastò arrivar là, vedere lo spiazzo fangoso, ingombro, su cui cresceva lo squallido casone di cemento incompiuto, gli bastò sentire la madre elencare le questioni (quella interminabile di chi doveva pensare agli allacciamenti dell'acqua potabile e della luce), gli bastò risentire la lenta cadenza di Caisotti che esprimeva ormai soltanto strafottenza e soperchieria nei riguardi di soci così disarmati e distratti, e si sentì cascar subito di dosso il piglio della rapida efficienza cinematografica, e non sapeva più da che parte incominciare.

Intanto Caisotti già vendeva o affittava degli alloggi, contratti abusivi perché fino a che non consegnava agli Anfossi i loro locali non era padrone di nulla. Un appartamento lo finì in fretta e furia, diede anche il bianco, mise gli infissi, perché dovevano già venirci ad abitare.

– Come? I suoi appartamenti quando vuole se li finisce, e i nostri li fa aspettare...

– Voi non ci avete mica degli inquilini che devono entrare...

Si sapeva che rispondeva così. Quinto cercò inquilini, incaricò le agenzie. Ma per l'estate non ci poteva esser nulla di pronto, era chiaro. Qualcuno venne fin su a vedere: trovò il cantiere, il pantano, e andò a protestare all'agenzia perché dava indirizzi sbagliati. Di pronto c'era solo un magazzino a pianterreno, una specie di rimessa, che Quinto progettava d'affittare a qualche fiorista, esportatore o imballatore, dato che il mercato dei fiori era poco distante. Ci andò, a informarsi, un mattino presto quando c'era maggior movimento, ma la stagione era nel suo pieno, non era il momento in cui i fioristi potessero pensare a far trasloco.

L'ultimo giorno che Quinto trascorreva a *** prima di tornare a Roma era una domenica. Passando davanti al cantiere vide un signore che curiosava, entrava. Lo seguì. Era un ometto, anziano, col cappello, il soprabito. Prese su per i gradini di cemento, ancora senza marmo, salì al primo piano, metteva la testa nelle porte senza usci. – Scusi, cerca qualcuno? – gridò Quinto per la tromba delle scale. Il vecchietto passava da un locale all'altro, evitando i barattoli. – No, no, guardavo soltanto...

Quinto salì anche lui al primo piano. Fece tutto il giro cercando d'incontrare il vecchietto; alla fine lo vide rientrare da un terrazzo. – Cerca casa da affittare? – chiese Quinto. Il vecchietto già saliva per le scale. – No, no. Guardavo –. Quinto salì al secondo piano. – Se vuole degli appartamenti, quelli a destra sono nostri. Possiamo metterci d'accordo... – gridò nel vuoto, perché quel tale non si sapeva più dove fosse, – ne abbiamo di tre vani e di quattro, – e poi s'accorse che l'ometto era al piano di sopra. Fece di corsa le scale e ripeté: – Ne abbiamo di tre vani e di quattro.

Anche se diceva di no, quel signore veniva a cercar casa. Se no perché si sarebbe ficcato dappertutto come volesse rendersi conto d'ogni vano, d'ogni dettaglio della costruzione? Tutto stava a saperlo convincere adesso, in modo che combinasse con lui e non con Caisotti. – Lei ora vede tutto in disordine, ma se vuole affittare, è questione di giorni e si mette tutto a posto, e lei può portare i suoi mobili.

Il vecchietto non lo stava a sentire nemmeno. Verificava i tubi di scarico, i lavandini... Quinto a un certo punto pensò che fosse sordo. Però in principio gli aveva risposto pronto. – Se combiniamo adesso, lei per il mese entrante si porta qui i suoi bravi mobili... – gridava, ma dal terzo piano al quarto non c'erano ancora le scale, e al terzo piano il vecchietto non c'era più. Si spaventò: che con quel vizio di ficcare il naso dappertutto fosse caduto nel pozzo dell'ascensore?

No, lo vide sporgersi in equilibrio sul cornicione del tetto, che era fatto a terrazza, ma non aveva ancora il muretto intorno. Era salito fin là su per le assi che servivano ai muratori, era andato a ispezionare le casse dell'acqua, e adesso scendeva, in bilico su quelle assi, piegando le ginocchia e tenendo avanti le braccia.

Quinto andò a dargli una mano. – Ma allora mi spieghi: se non vuole né comprare né affittare, perché le interessa tanto questa casa?

Il vecchietto, rifiutando il suo aiuto, era già arrivato al pianerottolo e prendeva a scendere le rampe a gradini. – Niente, – disse, – guardavo com'è perché devo metterci un'ipoteca.

XXIII

Il film a primavera si spostò a Cannes per gli esterni. Quinto andava e veniva tra Roma e Cannes, e qualche volta era ospite della villa del produttore francese a Juan-les-Pins. Passava per *** in treno o in macchina, ma non si fermava perché non aveva tempo, e perché non ce la faceva a passare dal ritmo del cinema a quello dell'impresa Caisotti. Abituato a un'esistenza economicamente e mentalmente raccolta, questa vita dispendiosa in tutti i sensi lo sottoponeva a un continuo sforzo. La ragazza francese era difficile da tenersi. Ogni speranza di felicità era svanita, per Quinto: ecco che gli toccava una vita che sembrava la più felice, e lui restava triste.

Da *** le notizie erano sempre più complicate. Un tale che aveva comprato da Caisotti un garage là sotto, aveva poi saputo che la proprietà di Caisotti poteva essere contestata, ed era corso dalla madre ad informarsi. La madre lo diffidò dal comprare da Caisotti finché l'impresario non avesse soddisfatto ai suoi impegni. Quando Caisotti seppe la cosa, nacque una gran lite: minacciava di querelare la madre perché l'aveva danneggiato nei suoi interessi. Certo non poteva mantenere i suoi impegni – diceva – se gli Anfossi facevano di tutto per calunniarlo e mandargli a monte gli affari! Intanto Canal aveva steso la denuncia contro Caisotti per inadempienza d'appalto, per i danni dei mancati affitti e per violazione della clausola sull'altezza dello stabile. Se l'impresario non dava soddisfazione entro il mese portava la denuncia in pretura. Ma Caisotti che adesso aveva anche lui un legale – l'avvocatessa Bertellini – fece preparare lui pure una denuncia: accusava la signora Anfossi di diffamazione continuata, di violazione di contratto (per la questione di quel pozzo nero che non era stato vuotato a tempo debito) e infine anche di furto, per quei tubi di irrigazione dell'anno prima, che continuavano a saltar fuori ogni volta che si litigava. Tutte accuse senza capo né coda, ma se Canal presentava la sua denuncia, Caisotti rispondeva con la sua, tanto per ingarbugliare e tirarla in lungo. Si era in trattative per cercare un accordo.

Sul più bello Quinto dalla Costa Azzurra fu ribalestrato a Roma. Il «coproduttore» francese si ritirava dal film; la casa italiana era in un mare di debiti. Si girarono un po' d'interni a Cinecittà, poi la crisi s'aggravò e tutto fu sospeso. Da *** la madre scriveva che aveva finalmente trovato da affittare il magazzino a una certa signora Hofer che spediva i gladioli a Monaco di Baviera.

A settembre il produttore italiano fallì, il film fu comprato da una nuova casa di un grande trafficante d'aree fabbricabili, che s'affrettò a finire il film in economia. Quinto non fu più chiamato; le sue mansioni di «assistente alla sceneggiatura» furono ritenute superflue. Credeva d'aver da prendere ancora dei quattrini, ma gli dimostrarono che secondo il contratto non gli spettava più niente. Con la francesina aveva già rotto da Cannes. Tornò a ***. Era senza lavoro e senza un soldo.

La madre adesso ce l'aveva soprattutto con la signora Hofer. Non pagava l'affitto, non si riusciva a trovarla, alle lettere non rispondeva, pareva che fosse andata in Germania. Si fece viva, finalmente, mentre c'era Quinto. Era alta un metro e ottanta, energica, formosa, un po' pesante ma ben fatta; un seno che le faceva scoppiare il tailleur, stretta sui reni, florida di fianchi, le gambe un po' maschili ma slanciate. Aveva una faccia dura, ordinaria, ma fiera, da donna che sa il fatto suo; i capelli biondi e crespi, tenuti indietro con un nastro rosa che non c'entrava niente. Quinto, subito curioso e inquieto del corpo della tedesca, la crivellava d'occhiate, ma la signora Hofer, con viso di marmo, continuava a rivolgersi alla madre. Parlava italiano con accento marcato ma con fredda scioltezza; comunicò che aveva dovuto fermarsi in Germania più del previsto e perciò non aveva potuto pagare il trimestre, ma ora avrebbe messo in ordine i suoi affari ed entro una settimana sarebbe tornata a pagare. Andò via col passo solido delle sue scarpe da uomo. Quinto non era riuscito a incontrare il suo sguardo.

Avvicinandosi lo spirare della settimana, la madre cominciava a dire: – La signora Hofer non è ancora venuta... – E Quinto, sprofondato in una sedia a sdraio a leggere il *Felix Krull*: – La signora Hofer... La signora Hofer... La faremo pagare, la signora Hofer... – E mentalmente continuava a baloccarsi e ad accanirsi, col nome e con l'immagine della signora Hofer, e nella signora Hofer a poco a poco assommava tutto quel che lui non aveva avuto, le cose in cui non era riuscito a spuntarla: la speculazione edilizia, il cinema, la francesina... «La signora Hofer... – sogghignava tra sé, – ci penso io alla signora Hofer...»

La signora Hofer era nel magazzino solo di mattina presto all'ora in cui venivano i fiori dal mercato, con due operai imballatori. Sovrintendeva alla confezione dei cesti di gladioli, che poi gli operai portavano al corriere che partiva per l'aeroporto di Milano; e lei calava la saracinesca e se n'andava. Quinto s'alzava tardi e non la trovava mai. Però lei aveva lasciato l'indirizzo di casa.

Quando furono passati otto giorni, Quinto disse alla madre: – Dammi la ricevuta del trimestre, con la firma, le marche da bollo e tutto: vado a casa della Hofer e mi faccio dare i soldi.

Stava in una vecchia casa alla marina. Gli aperse lei. Aveva una camicetta con le maniche corte; braccia bianche un po' più molli di quel che Quinto s'attendeva. La faccia era interrogativa, come se non lo riconoscesse. Quinto tirò fuori subito la ricevuta, dicendo che, visto che non trovava il tempo di venire lei, era venuto lui stesso a regolare... Lei lo fece entrare; una stanza coi cuscini ricamati, le bambole, probabilmente d'un alloggio ammobiliato. Su un cassettone due fotografie d'uomini, con dei fiori davanti: un aviatore tedesco e un ufficiale italiano, che a Quinto (sempre pronto a pensare al peggio) parve in divisa della Repubblica sociale.

– Non c'era proprio bisogno che lei si disturbasse, signor Anfossi, – diceva la Hofer, – passerò io stessa domani o dopo... – Gli sguardi di Quinto facevano la spola tra gli occhi di lei, sempre distanti e distratti, e il corpo che invece era d'una carne tesa, piena...

– Ma perché non regoliamo adesso? Ho portato la ricevuta... – e l'inflessione di Quinto cercava d'essere anche lievemente scherzosa, o meglio: allusiva, insomma di chi cercava d'uscire da quella secchezza di rapporti. Macché: lei pareva non potesse essere raggiunta da queste impalpabili vibrazioni. – Signor Anfossi, se le dico che passerò domani o dopodomani, vuol dire che la somma non mi è disponibile prima di domani o dopodomani... – Oltretutto, aveva una bella faccia tosta, a dare di quelle risposte senza scomporsi, in ritardo com'era. Ma non era quella la resistenza di lei che Quinto s'era intestato a vincere.

Fece un risolino e buttò lì: – Signora Hofer, è triste dover litigare con una bella donna come lei...

La Hofer non se l'aspettava, si vede, e nei suoi occhi passò un breve lampo che poteva anche subito diventare ironico. Ma Quinto, rapido come un maniaco sessuale, aveva già allungato una mano a sbottonarle la camicetta. La Hofer si tirò indietro con uno scatto offeso, poi parve riprendersi e si fermò: – Signor Anfossi, cosa cerca da me...? – Già si abbracciavano.

La Hofer era una tigre. Lo soverchiava. Passavano volando da un angolo all'altro della stanza, ma lei si teneva sempre in piedi. Quinto non capiva più nulla; cercava una rivincita da tutto e ora l'aveva. In questa furia, a un certo punto perse quasi conoscenza e si trovò supino e esausto tra le bambole del divano. La Hofer era sempre in piedi, di fronte a lui, e lo guardava con una leggera aria di sprezzo. Non aveva sorriso neanche una volta.

Quinto si rassettò cercando di non pensare a nulla. La Hofer fece per accompagnarlo alla porta. Quinto, tanto per dir qualcosa, trasse di tasca la ricevuta: – Per questa, allora, passerà...

La Hofer fece un piccolo cenno come per fargli avvicinare la mano, prese la ricevuta, andò al cassettone, aperse la borsetta, chiuse la ricevuta nella borsetta, andò alla porta, l'aperse. – Buona sera, signor Anfossi.

Quinto uscì. Le giornate cominciavano ad accorciarsi. Era scuro.

XXIV

L'avvocatessa Bertellini e Quinto si conoscevano dagli anni del liceo, ma adesso, nell'incontro tra le parti nello studio di Canal, essa ostentava una freddezza professionale, si rivolgeva solo al collega, la testa china sulle carte. Non aveva l'aria d'esser bene al corrente nemmeno dei termini della questione; Caisotti doveva decider tutto lui e lei cercava di dare una veste legale a quel che lui diceva.

– Ma via, – le diceva Canal da dietro la scrivania, – come si può sostenere una denuncia di furto contro la professoressa Anfossi? Andate a farvi ridere in faccia dal pretore... Tu stessa dovresti consigliare il tuo cliente a non scherzare troppo...

Caisotti, seduto su una poltrona «Voltaire», coi pugni stretti ai braccioli, aveva una faccia chiusa e torva. L'avvocatessa scartabellò: – Dunque, il giorno 18 giugno 1954... quattro tubi di ferro da irrigazione della lunghezza di metri...

Negli anni dopo la Liberazione, la Bertellini era stata compagna di partito di Quinto. Aveva cominciato la carriera patrocinando la parte civile delle famiglie dei caduti contro certi feroci rastrellatori, in processi che facevano rabbrividire. Adesso erano lì a discutere un imbroglio edilizio, accusandosi a vicenda.

Quinto tentò un pallido richiamo all'antica amicizia: – Ma va' là, Silvia, cosa dici...

Lei non levò il capo dai fogli: – Il mio cliente afferma che il giorno 18 giugno...

Canal, con parole d'uomo non eloquente ma pratico, un po' sbuffando, come chi è annoiato di tante finzioni, nauseato di come la legge possa servir da scudo ai disonesti, ma comunque consapevole che le cose vanno così e il suo mestiere è cercare d'aggiustarle per quel tanto che può, di riparare i danni fatti dagli imbroglioni credendo d'esser furbi e dai velleitari con la testa nelle nuvole credendo che tutto sia loro dovuto – pasticcioni gli uni e gli altri alla stessa maniera –, Canal dunque cercava di persuadere la controparte che non era il caso di trascinare in lungo la lite a furia di cavilli, che le cambiali pagarle dovevano, che i lavori dovevano consegnarli, che sulle cifre si poteva transigere, che i suoi clienti si rendevano conto che l'impresa Caisotti non conveniva farla fallire, perciò proponevano un'ultima cifra, se no stavolta s'andava in Tribunale davvero.

Questa tattica conciliante era stato lui Canal a consigliarla a Quinto. – Cosa vogliamo fare? – gli aveva detto il giorno prima. – Tu non hai più voglia, ho bell'e visto... Non ci sei mai, lasci tutte le grane a tua mamma, che avrebbe diritto di starsene in pace e che invece se la prende a cuore... Caisotti reputazione da perdere non ne ha: è venuto qui con le toppe ai calzoni, vive come uno straccione, fa figure da ladro di galline con tutti, non si riesce mai a metterlo nel sacco perché non fa mai quello che sarebbe logico prevedere che facesse... Eppure, con questo sistema, è uno che si tiene a galla, uno con cui bisogna sempre fare i conti...

Canal comunicò la cifra convenuta con Quinto. L'avvocatessa si voltò verso Caisotti. L'impresario arricciò le labbra e fece segno di no. – Il mio cliente non ritiene di poter trattare su questa base, – disse lei. S'alzò Caisotti, s'alzò lei, spense la sigaretta, raccolse i documenti nella cartella, prese la borsetta, strinse la mano a Canal, a Quinto e uscì in fretta, dietro il cliente a mani in tasca.

– Eh lo so, lo so, – disse Canal rimasto solo con Quinto allargando le braccia, – è un ignorante, oltretutto, un cretino, non si vede cosa ci guadagni ormai a non pagare, a non farla finita... Ma è così, vedi, è così... – e gli tese la mano.

A Quinto sarebbe piaciuto restare un po' a parlare della sua esperienza cinematografica, ma Canal aveva da fare e s'accomiatò. Adesso finalmente aveva qualcosa da raccontare che interessava tutti, Cinecittà, le attrici francesi, non come quando s'occupava solo di polemiche ideologiche e non sapeva mai cosa dire ai vecchi amici. Invece ormai non gli veniva da parlare d'altro che di Caisotti.

Caisotti, Caisotti, Caisotti... Non ne poteva più. Sì, lo sapeva com'era fatto quell'uomo, lo sapeva che vinceva sempre lui, era stato il primo a capirlo! Ma possibile che tutti l'accettassero come un fatto normale, lo criticassero solo a parole, non si preoccupassero di negarlo, di distruggerlo... Sì, sì certo, era stato lui a volerlo, lui a esaltare Caisotti contro il parere di tutti i benpensanti... Ma allora gli pareva che fosse un'altra cosa, che fosse il termine d'un'antitesi, che facesse parte d'un processo in movimento... Ora Caisotti non era più che un aspetto d'un tutto uniforme e grigio, d'una realtà che bisognava negare o accettare. E lui Quinto non voleva accettarla!

Per non parlare del notaio Bardissone, che quando Quinto andò a trovarlo gli fece una specie di panegirico di Caisotti: – Guarda che pagherà, da' retta a me, non è un uomo cattivo come sembra, s'è fatto dal nulla, devi pensare, e adesso ha già un'azienda ragguardevole, il momento è duro per tutti, gli alti e bassi eccetera, ma vedi d'andarci d'accordo, te lo dico io, è un brav'uomo.

Travaglia era molto preso dalla politica. L'anno dopo ci sarebbero state le elezioni comunali e si diceva che si volesse far portare sindaco nella lista di maggioranza. Un giorno s'incontrarono, fecero un po' di strada assieme, Quinto gli spiegò un po' i retroscena del cinema, faceva il vissuto. Davanti al caffè Melina incontrano Caisotti. Con Quinto, dopo il colloquio, non si salutavano. Invece Travaglia si ferma a dargli la mano. E dopo un po' gli fa: – E allora, questa questione con gli Anfossi?

Caisotti attaccò a parlare con la sua voce lamentosa, ma si teneva nel vago, e Quinto non interveniva se non con alzate di spalle. Travaglia invece cercava di ragionare, di convincere Caisotti, ma portava gli argomenti degli Anfossi con l'aria di chi spiega le ragioni d'un bambino, di qualcuno che bisogna cercar di capire senza pretendere che risponda alla logica corrente. Insomma, Caisotti venne fuori con una proposta: avrebbe pagato una parte di quel che doveva agli Anfossi, ma gli Anfossi – che tanto era chiaro che non potevano occuparsene – gli avrebbero dato da amministrare gli appartamenti. Si preoccupava lui di trovare gli inquilini e di riscuotere gli affitti, e a fine d'anno avrebbe versato una data somma.

Era un sistema per farsi mangiare vivi da Caisotti, Quinto lo capiva bene; ma capì anche che era un modo di sollevarsi da quei pensieri, almeno per un anno, e di non avere il rimorso di lasciare la madre sola a combattere la battaglia degli affitti. Anche Travaglia capì subito che la soluzione aveva degli aspetti positivi per gli Anfossi, e l'incoraggiò. Quinto cercava di tirare più che poteva. Finirono tutti nello studio di Caisotti. C'era una nuova segretaria, una rossina, mobili nuovi, una lampada nuova, di quelle coi tubi. Caisotti fece sedere l'ingegnere e Quinto, offerse sigarette. Entrò una donna, una donnetta di paese, già in là negli anni, con un bambino. – Mia moglie, – la presentò Caisotti. – È venuta a stare giù anche lei. Ormai col paese ci ho poco da spartire.

Si restò intesi che Quinto avrebbe parlato di tutto con la madre e col fratello che doveva arrivare proprio allora.

Saliva verso la villa, solo, quando vide il vecchio falegname Masera che veniva giù per la via in bicicletta e frenò per fermarsi a salutarlo.

– Sei qui per un po' di tempo? Questioni di affari? La costruzione... Passo sempre lì davanti, la vedo sempre al punto di prima, e penso a te, a tua mamma, a quanto sangue cattivo dovete farvi... È vero che Caisotti vi deve ancora pagare delle cambiali? Scusa, sai, io non ho mai voluto dirti niente, alle volte t'ho incontrato un po' accigliato e mi dicevo: ora gli parlo, poi non osavo... Ma spesso ne discutiamo, tra compagni... Possibile che siate andati a mettervi nelle mani di quel Caisotti...? Ma non lo sapevi che tipo è? E i pasticci che ha combinato a noi, nell'Anpi?

Quinto era al colmo del nervosismo, eppure insieme come liberato: questo suo tentativo d'affare edilizio che lui aveva apologizzato ed esaltato dentro di sé come per difenderlo da un'accusa da parte di Masera e dei suoi compagni, invece era una cosa di cui si poteva tranquillamente parlare con loro, in cui loro tenevano dalla sua parte, lo seguivano...

– Sì, lo so che avevate fretta di vendere, che dovevate pagare le tasse, – diceva Masera, – e anche avete fatto bene a entrare in una combinazione per costruire voi... Per lasciarlo fare agli altri, tanto vale... Ma perché non sei venuto a chiedere in Sezione? Qualche consiglio te l'avremmo dato... C'è degli impresari che, se non compagni, sono nostri amici, o comunque che con noi non vogliono fare brutte parti... Poi abbiamo anche una cooperativa, ben avviata, nostra... Vieni a discutere con noi, una sera: vogliamo fare tutta un'azione per combattere le speculazioni, calmierare le aree, far rispettare i regolamenti... Non si può mica continuare ad accettare tutto quel che sta succedendo adesso, questi imbrogli... Ci si può battere... Si può fare molto... Di', ora che avrai da cercare degli inquilini, chiedi a noi, ogni tanto sappiamo di qualcuno, alle volte ci scrivono, in Sezione, da Torino, da Milano, dei compagni magari anche abbienti, se gli sappiamo dare un'indicazione...

Quinto rincasò come portasse sulle spalle un cadavere: strangolato dalla bonaria parlantina di Masera, l'individualismo del libero avventuroso imprenditore stralunava i suoi romantici occhi al sole del meriggio.

C'era Ampelio e si chiusero in sala da pranzo, ingombrando tutto il tavolo di carte, presero a rifare da capo tutti i conti.

La madre era in giardino. I caprifogli odoravano. I nasturzi erano una macchia di colore fin troppo vivo. Se non alzava gli occhi in su, dove da tutte le parti s'affacciavano le finestre dei casamenti, il giardino era sempre il giardino. La madre girava d'aiola in aiola, tagliando i rami secchi, controllando se il giardiniere aveva innaffiato dappertutto. Una lumaca saliva per un'aguzza foglia di iris: la staccò, la buttò per terra. Uno scoppio di voci le fece alzare il capo: lassù in cima alla costruzione stavano dando il bitume alla terrazza. La madre pensò che era più bello quando facevano le case coi tetti di tegole, e quand'era finito il tetto ci mettevano sopra la bandiera. – Ragazzi! Ragazzi! – gridò verso le finestre della sala da pranzo. – Hanno finito il tetto!

Quinto e Ampelio non risposero. La stanza, con le persiane chiuse, era in penombra. Loro, seduti con fasci di carte sulle ginocchia, rifacevano il conto di quando si sarebbe ammortizzato il capitale. Il sole spariva presto dietro l'edificio di Caisotti e di tra le stecche delle persiane la luce che batteva sull'argenteria del buffet era sempre meno, era adesso solo quella che passava tra le stecche più alte e si spegneva a poco a poco, sulle curve lustre dei vassoi, delle teiere...

5 aprile 1956 – 12 luglio 1957

Postfazione*

di Lanfranco Caretti

Il lungo racconto, quasi un romanzo, di Italo Calvino, pubblicato sul numero 20 della rivista romana «Botteghe oscure» col titolo *La speculazione edilizia*, sembra a me riproporre un interrogativo, non ancora risolto, a proposito di questo nostro giovane e già bravissimo scrittore. Questo interrogativo è stato in qualche modo eluso, sinora, dalla critica che ha creduto, ad ogni apparizione d'un libro di Calvino, di avere trovato finalmente la formula felice, la definizione esaustiva, e ha dato invece l'impressione di mascherare il proprio imbarazzo con aggiustamenti provvisori e spesso contraddittorî di fronte ad una narrativa che ha avuto svolgimenti per lo meno problematici. Si mettano, infatti, da una parte *Il sentiero dei nidi di ragno* e *Ultimo viene il corvo*, i primi due libri di Calvino, e dall'altra *Il visconte dimezzato*, che è seguito subito appresso, e immediatamente sarà rievocato lo sconcerto suscitato da un esordio che fece parlare di "neorealismo", sia pure secondo una versione letteraria di sottile e filtrata fattura, di pavesiana ascendenza, a cui tosto si contrapponeva una singolare e imprevedibile sortita sul difficile terreno della favola con un libretto ricco di divertiti umori, di una fantasia sottilmente ironica, di una misura esattamente calibrata. La prima favola di Calvino, *Il visconte dimezzato*, aveva, per al-

* Nota trasmessa nel gennaio 1958 in una rassegna radiofonica del «Terzoprogramma»; poi, con il titolo *Calvino fra favola e realtà*, in Lanfranco Caretti, *Sul Novecento*, Nistri-Lischi, Pisa 1976, pp. 208-12.

tro, una sua verità morale chiaramente adombrata sotto la sorridente e apparentemente svagata simbologia, e certo con sufficiente chiarezza alludeva all'aspirazione dell'uomo, mutilato e alienato, all'interezza. Parve giusto perciò superare la prima impressione di discordanza, tra gli inizi "realistici" e il nuovo corso "favolistico", col riferirsi a una somma di interessi calviniani rivolti in più direzioni, ma di volta in volta «unificabili o nel realismo a carica fiabesca oppure nella fiaba a carica realistica». Un modo così ingegnoso di risolvere il bifrontismo di Calvino sembra però a me del tutto inadeguato a spiegare la successiva alternanza, a contrasto, del quarto e del quinto libro di Calvino: *L'entrata in guerra* e *Il barone rampante*, perché nel primo di questi due libri l'elemento realistico, per continuare ad usare i termini della formula primitiva, tende con sempre maggiore decisione a sottrarsi ad una risoluzione in chiave favolistica e inclina piuttosto verso una narrazione diretta e partecipante degli eventi; laddove nel secondo libro, *Il barone rampante*, ogni richiamo al reale si è fatto precario, ogni tentativo di lettura della favola sotto la specie realistica, abbastanza agevole per *Il visconte dimezzato*, è resa infida dal complicarsi delle allusività, dal ramificarsi e intrecciarsi, sempre più arbitrario, dei simboli. In parole più semplici: anziché assistere alla unificazione dei due piani narrativi, quello realistico e quello favolistico, o almeno alla loro incruenta alternanza (secondo una neutrale o addirittura casuale "pendolarità"), ho l'impressione che l'arte di Calvino si sia andata progressivamente divaricando verso modi del tutto eterogenei, che insomma realtà e favola siano oggi, nell'opera calviniana, assai più separate e sostanzialmente distanti che non nei primi tre libri di cui s'è dianzi ragionato. È evidente, del resto, l'arretramento compiuto da Calvino, sulla ipotizzata via della interazione tra realtà e favola, nel passaggio dal *Visconte dimezzato* al *Barone rampante*: là una compenetrazione lucida ed essenziale dell'oggetto nel simbolo, secondo un ritmo e un tempo narrativi assolutamente perfetti, felicemente funzionali; qui, invece, una dilatazione quasi abnorme della simbologia con la parziale eclissi degli oggetti e una sorta di edonistica ebbrezza, di bravura fine a se stessa. Il lucido rigore è divenuto svagata compiacenza, mentre la consapevole provvisorietà dell'esperimento, giocato con finezza ineguagliabile, si è trasformata in forme pericolose di ozio protratto, di elegante intrattenimento. A confronto con questa involuzione favolistica si consideri, invece, l'ultimo romanzo o racconto lungo *La speculazione edilizia*, e si vedrà la maturazione evidente, il progresso decisivo di Calvino in quella ricerca narrativa, sia pure su fondo autobiografico, iniziata col *Sentiero dei nidi di ragno*. Siamo ancora, senza dubbio, ad una fase per molti aspetti sperimentale; ma la sperimentalità in questo caso è giustificata, anzi persuasivamente necessitata, dal carattere provvisorio della situazione morale e ideologica che è sottesa a questo amaro e disilluso racconto. Qui, cioè, la sperimentalità non è quella funambolesca, sul filo esclusivo dell'estro divertito delle favole; è invece inquieta e tormentata autoanalisi, accidentato e irrisolto tentativo di fronteggiare la forte lacerazione del personaggio rispetto alla società, alla nuova realtà mercantile e affaristica, dopo la illusione postresistenziale della solidarietà agevole e dell'identificazione generosa.

È la storia d'un giovane intellettuale borghese, nato e cresciuto in una piccola città ligure, che ha partecipato alla guerra partigiana, si è iscritto al partito comunista e si è trasferito per lavoro in una grande città piemontese. Qui si generano, in lui, delusione e stanchezza, sentimento di noia e di accidia, sfiducia in tutto e in tutti. E perciò medita, uscito dal partito e continuando a ingannare se stesso, una nuova vita, spregiudicata e affaristica. Si induce così ad allearsi ad un abile e disonesto imprenditore di lavori e, dopo avere sacrificato gran parte del giardino della sua vecchia casa ligure, affida polemicamente le speranze d'affermazione, in una società di uomini alienati, alla costruzione della casa, ai proventi che ne trarrà, alla prova di abilità e di furberia che saprà offrire a se stesso, ai parenti, alle vecchie conoscenze. L'impresa è un fallimento: la casa (che è veramente un simbolo perfettamente risolto di quella illusione sbagliata) stenta a crescere, viene su brutta e goffa su fondamenta instabili, s'arresta e poi riprende, rimane alla fine infissa nel giardino sconvolto, nuda e vuota, informe e grottesca. E intorno a quelle mura disabitate è lo scatenarsi di interessi sordidi, di sotterranee battaglie, a cui partecipano, mediocri e indaffarati, cinici ed egoisti, il fratello del protagonista, gli amici, le autorità del luogo. E la vicenda si inserisce nell'amara decadenza della cittadina ligure, sullo sfondo della crisi più generale della società italiana borghese, con una naturalezza e, direi, fatalità di trapassi, tra invenzione e verità, tra vicenda privata e cronaca di costume e storia viva, quali mai Calvino aveva saputo realizzare nelle sue opere precedenti. E benissimo è resa l'aria grigia e uniforme di squallore morale che grava sugli uomini e le cose, tra velleità arbitrarie ed evasive e infingimenti sottili, tra sterili complicazioni psicologiche e compromessi farisaici; mentre ogni personaggio, pur partecipando di quell'aria comune, di quella generale atonìa, riesce a conservare, sul piano artistico, una fisionomia netta e distinta, una sua ben precisa coerenza psicologica. Penso soprattutto alla figura di Caisotti, l'imprenditore disonesto, rappresentato nelle sue contraddizioni, nella sua mistura singolare di umiltà e di alterigia, di istintiva e rozza destrezza e persino anche di scontrosità patetica e di solitaria tristezza, e trovo che in questo caso Calvino ha saputo creare un personaggio di eccezionale rilievo, di natura complessa, con una felicità d'esecuzione degna di un narratore di razza. È un personaggio circuito e sfaccettato con estrema pazienza, un personaggio destituito d'ogni virtù positiva e tuttavia analizzato con quella interessata *pietas* che sola può dare vita a figure di assoluta verità.

Ma c'è da dire anche che il racconto reca, al suo aprirsi e sul finire, due riferimenti fugaci, e tuttavia molto significativi, ai vecchi compagni di partito. Spicca tra essi il falegname Masera, rispetto alla cui fede semplice ma ancora tenace, alla cui cordialità integra (e non adulterata come negli amici borghesi o negli intellettuali della città), si commisura evidentemente l'alienazione del protagonista e meglio si chiarisce l'inevitabilità della sua sconfitta:

> Quinto rincasò come portasse sulle spalle un cadavere: strangolato dalla bonaria parlantina di Masera, l'individualismo del libero avventuroso imprenditore stralunava i suoi romantici occhi al sole del meriggio.

È questo l'unico esiguo punto di resistenza, nel racconto, al ritmo precìpite del generale sfacelo, della comune corruzione. Ma è veramente un punto di resistenza o appena una nostalgia, il rimpianto per un'irrecuperabile fede o sicurezza? La sorte di Quinto, insomma, è quella di restare inchiodato allo scacco subìto, all'inutile gesto rientrato, oppure quello di risalire alla luce dal fondo dell'estrema disillusione sperimentata sino in fondo? Si ripropone a Calvino, ora davvero con una perentorietà che non può non impegnarlo consapevolmente con tutte le sue risorse morali e intellettuali, l'integrazione dell'uomo, la sua restituzione all'interezza. In questa prospettiva, la narrativa di Calvino è chiamata a compiere un difficile passo innanzi. Ma può anche essere che la forza negativa degli eventi lo costringa a permanere in questa onesta, se pur provvisoria e non eletta, situazione di crisi (storica, e non meramente esistenziale); oppure lo induca a rivolgersi definitivamente alle favole simboliche come all'unica risposta consentita di fronte all'inguaribile dissennatezza dei tempi. L'importante è che Calvino in ogni caso non si rassegni troppo pacificamente né ad una integrazione puramente volontaristica né all'agevole idillio delle "forme" consolatorie.

Indice

«La speculazione edilizia»
di Italo Calvino
Oscar
Mondadori Libri

Questo volume è stato stampato
presso ELCOGRAF S.p.A.
Stabilimento - Cles (TN)
Stampato in Italia. Printed in Italy